[百花谭文丛]
陈子善·主编

纸上交响

陈子善/著

天津出版传媒集团
百花文艺出版社

图书在版编目(CIP)数据

纸上交响 / 陈子善著. -- 天津 : 百花文艺出版社,
2014.8
(百花谭文丛)
ISBN 978-7-5306-6452-0

Ⅰ. ①纸… Ⅱ. ①陈… Ⅲ. ①散文集-中国-当代
Ⅳ. ①I267

中国版本图书馆CIP数据核字(2014)第153746号

责任编辑:徐福伟
装帧设计:郭亚红　**责任校对:**魏红玲

出版人:李华敏
出版发行:百花文艺出版社
地址:天津市和平区西康路35号　**邮编:**300051
电话传真:+86-22-23332651(发行部)
+86-22-23332656(总编室)
+86-22-23332478(邮购部)
主页:http://www.bhpubl.com.cn
印刷:天津市银博印刷技术发展有限公司
开本:787×1092毫米　1/32
字数:48千字　**图数:**17幅
印张:5.25
版次:2014年8月第1版
印次:2014年8月第1次印刷
定价:23.00元

目录

001 我的古典音乐之旅(代序)

辑一

003 新文学巨匠笔下的瓦格纳
019 音乐会奇缘:徐志摩、林徽因与克赖斯勒
037 沈从文与莫扎特
041 刘荣恩:迷恋古典音乐的新诗人
051 谭小麟、欣德米特和傅雷
059 别开生面的音乐评论
068 张爱玲说《毛毛雨》

辑二

079 我买到了萧友梅签名本
083 《贝多芬传》初版本

086 闪亮的生命
089 对莫扎特的新阐释
093 激动,为什么激动
099 不断延伸的音乐子午线
103 傅聪望七了
106 走近施波尔
111 赏乐日记三则
- “穿越巴洛克”
- 胡梅尔故居
- 春天之曲

辑 三

121 《雅人乐话》之我见
125 浅释“流动的经典”
- 巴赫
- 莫扎特
- 贝多芬
- 舒伯特
- 肖邦

○ 瓦格纳

○ 勃拉姆斯

○ 柴可夫斯基

○ 德沃夏克

○ 马勒

○ 德彪西

○ 肖斯塔科维奇

○ 编后小记

134 李欧梵的《音乐的遐思》

○ 附录:《音乐的遐思》小序/李欧梵

140 投向音乐海

附 录

147 读完《想乐》听古典音乐/马玥浩

○ 杨照这样理解音乐

○ 音乐背后的文化史

151 跋

我的古典音乐之旅(代序)

我在小学和初中时代,对音乐没什么感觉,上音乐课只是跟着唱,滥竽充数,混个及格而已。后来学五线谱,课上完了也就全还给老师了,至今仍是个五线不识、五音不全的"乐盲",对卡拉OK更是敬而远之。可我偏偏爱上了古典音乐,而且爱得那么真切,那么深挚,现在想想,自己也觉得有点不可思议。

1966年冬,"文革"如火如荼,"红卫兵"正炙手可热,还是高一学生的我却因出身不很好而成了"逍遥派"。虽然也曾逞一时之勇,冒充"红卫兵"北上蒙伟大领袖最后一次"接见",毕竟不能长此以往。正好,邻班有位爱好文学的同学鲁兄约我"交换"书看,两人臭味相投,从此结为莫逆之交。

当时所谓"交换"书,乃是交换"封资修毒草"的别称,借以掩人耳目。因此,必须小心,必须隐蔽,一般都是我到鲁兄独门独户的家中“交换”。于是我知道了鲁兄还有一个业余爱好,学拉小提琴。几乎每次去,他都在拉练习曲,什么《开塞》,什么《克莱策尔》,咿咿呀呀,煞有介事。后来他拉《梁祝》,才深深吸引了我,尽管不可能有乐队协奏,显得有点单薄。

那是一个只有八个样板戏响彻云霄的荒唐年代,我对“国剧”本来就没多大兴趣,对“革命样板京剧”更不敢恭维,但对《白毛女》和《红色娘子军》的音乐却颇有点好感,特别听到《梁祝》,才明白什么是我喜欢的音乐。但鲁兄告诉我,还有更精彩的西方古典音乐,不妨听听。这样,我就更深地中了“毒”。

鲁兄有位毗邻而居的小学同窗陈兄,也是文学迷加古典音乐迷。从1967年初起,直到1969年春我奔赴江西农村“战天斗地”止,差不多每周有两三个下午,我们三人就躲在陈兄小小的亭子间里紧闭门窗猛听“老贝”和“老柴”。虽然大都是七十八转的胶木唱片,听一部交响乐要转换好几次,我们仨还是兴致勃勃,浸淫其中而不能自拔。有多少个黄昏时分,当我听完贝多芬或柴可夫斯基或比才(《命运》、《天鹅湖》和《卡门》是我们当时听得最多的三部曲子),走出鲁兄他们的弄堂,漫步在现已保护建筑林立的霍山路舟山路上,总不时有音乐是多么美妙,人生是多么美好的思绪袭来,那时那景那情,至今记忆犹新。

从此以后,古典音乐与我结下了不解之缘,一直伴随着我在坎坷不平的人生道路上前行。无论在江西农村的田埂上,还是在上海里弄生产组的陋室里,或者在宽敞明亮的图书馆埋头查阅资料的间隙,我的耳畔经常会响起"老贝"的《命运》和《F大调浪漫曲》,也时常会响起巴赫的《圣母颂》和舒伯特的《未完成》。古典音乐在我软弱的时候给我以力量,在我痛苦的时候给我以慰藉,更在我追求的时候给我以鼓励。随着历史翻开新的一页,聆赏古典音乐早已是光明正大、自由自在的事,跑唱片行又成了我必不可少的日常功课,以至后来我的学生撰文为我画像,也不忘绘声绘色地描述一番我在唱片行认真挑选古典CD的情景。

交响乐、室内乐、歌剧、艺术歌曲听得多了,我在研究中国现代文学时养成的搜集资料癖也再次发作,找了不少评介古典音乐的书刊来看,希冀进一步充实自己,提高自己。但看来看去,不免有些失望。这些书刊不是不好,但大都出自学院派专家之手,太专业了,太一本正经了,不是我这样的门外爱好者所能领教的。于是我又突发奇想，如果编选一本作家学者谈论古典音乐的散文集那该多好，一定会有像我这样的爱乐的“乐盲”会喜欢。《雅人乐话》这本小册子就此应运而生。接下来的几年里，我在编选音乐散文集上一发而不可收，先后编选了李欧梵、辛丰年、刘靖之、吕正惠、庄裕安、陈黎等海内外名家的音乐散文集多种，在20世纪90年代兴起的“音乐散文热”中起了一点小小的推波助澜的作用。这些作者大都没有受过专业训练，但无一不是古典音乐迷，他们见解独到、文采斐然的音乐散文，给我打开的又何止是一方欣赏古典音乐的新天地。而当“音乐散文”已蔚然成风时，我在编选了《流动的经典》之后戛然而止，我想我应该见好就收。

可以毫不夸张地说，古典音乐陶冶了我的性情，涤荡了我的灵魂。而且，我在《流动的经典》编后记里说过，对于古典音乐，我是泛爱主义者。换言之，从巴洛克时代到20世纪的肖斯塔可维奇，凡音乐史上有定评的大家甚至名不见经传的小家，只要我觉得好听，我都喜欢。不像有些朋友非巴赫不听，非瓦格纳不听，非马勒不听，非理查·施特劳斯不听，喜欢柴可夫斯基和施特劳斯父子也就被讥为“小儿科”。当然，“好听”的说法过于宽泛，什么曲子才算好听，是结构宏大、思想深远的“老贝”的“第九”和晚期四重奏，还是晶莹剔透的《少女的祈祷》和肖邦的《夜曲》，恐怕也是人言人殊，青菜萝卜各有所好的。但这已是另一个话题，姑且不论。不过，我乐于承认，在群星璀璨的西方古典音乐家中，我最爱的还是莫扎特。我奇怪自己在接触古典音乐之初怎么没有亲近莫扎特（大概那时找不到莫扎特的唱片），但一旦真的与莫扎特朝夕相处，我就为莫扎特而痴迷，我就永远爱上了莫扎特，今生今世，矢志不渝！

二〇〇四年十二月十八日急就于沪西梅川书舍

（原载2004年12月25日《上海音讯》）

辑 一

新文学巨匠笔下的瓦格纳

2013年5月21日,是19世纪德国"天才作曲家"瓦格纳(Wilhelm Richard Wagner,1813—1883)诞辰两百周年,德国和全世界古典音乐界全年都在纪念他。因此想到,瓦格纳是何时又是以何种方式进入中国的?新文学作家又是如何接受瓦格纳的?这是一件值得追溯、颇有意思的事。

不妨从郭沫若早期新诗《演奏会上》说起,先把这首短诗照录如下:

Violin同Piano的结婚,
Mendelssohn的《仲夏夜的幽梦》都已过了。
一个男性的女青年
独唱着Brahms的《永远的爱》,
她那soprano的高音,

唱得我全身的神经战栗。
一千多听众的灵魂都已合体了，
啊，沈雄的和雝，神秘的渊默，浩荡的爱海哟！
狂涛似的掌声把这灵魂的合欢惊破了，
啊，灵魂解体的悲哀哟！

了解郭沫若生平的想必知道，1910年代末，他正在日本九州帝国大学医科求学，自1919年9月11日在上海《时事新报·学灯》以“沫若”之名发表《抱和儿浴博多湾中》、《鹭鹚》开始，郭沫若开始了他“狂飙突进”的新诗创作，正如他自己后来在《创造十年》中所回忆的：“在一九一九的下半年和一九二〇的上半年，便得到了一个诗的创作爆发期。”《演奏会上》初载于1920年1月8日《时事新报·学灯》，正是这一“爆发期”的产物，比有名的《地球，我的母亲》只晚了两天发表。《演奏会上》后收入1921年8月上海泰东图书局初版《女神》第二辑。《女神》是中国新诗经典，但这首《演奏会上》却一直未受到论者关注。探讨《女神》的论文成百上千，几乎没有一篇提到《演奏会上》，未免可惜。

《演奏会上》记的是作者在日本参加的一场古典音乐

郭沫若著《女神》,1921年8月泰东图书局初版,书中收录《演奏会上》一诗

会，从诗中“一千多听众”句推测，这场音乐会应该规模不小，而且，全场观众的“灵魂都已合体”。作者也显然受到了深深的感染，“全身的神经战栗”。不过，笔者更感兴趣的是，青年郭沫若在诗中写下了他对西方古典音乐的认知。诗中写到了门德尔松和勃拉姆斯这两位我们而今已耳熟能详的德国浪漫主义作曲家。特别在诗的第一个原注中，郭沫若出人意料地提到了瓦格纳，尽管这可能是从相关音乐书籍中照搬过来的：

> 波拉牟士 Johannes Brahms（1833—1897）与瓦格乃 W.R.Wagner（1813—1883）齐名，同为十九世纪后半德国乐坛之两大明星。两人均兼长文艺。

虽只寥寥数语，对瓦格纳的概括还算基本到位。这是目前所能见到的新文学作家笔下对瓦格纳最早的介绍，极为难得。

一年半之后，与郭沫若一起创办“创造社”的郁达夫也在 1921 年 7 月 7 日、9 日、11 日、13 日《时事新报·学灯》以 T.D.Y.笔名连载小说《银灰色的死》，竟不约而同写到了瓦格纳。

《银灰色的死》铺陈留学生“他”(Y君)在日本的悲惨遭遇,“他”的夫人在国内去世,“他”想从酒家当垆的寡妇之女静儿那里寻找慰藉,做“一对能互相劝慰的朋友”,但好景不长,静儿将要出嫁。他在“更加哀伤更加孤寂”之余,想去向静儿作最后的表白:

> 他身边摸摸看,皮包里的钱只有五元余了。他就想把这事作了口实,跑上静儿家里去。一边这样的想,一边他又想起了《坦好直》Tannhäuser里边的“盍县罢哈”(Wolfram von Eschenbach)来。
>
> “千古的诗人盍县罢哈呀!我佩服你的大量。我佩服你真能用高洁的心情来爱‘爱利查陪脱’。”
>
> 想到这里,他就唱了两句《坦好直》里边的唱句,说:
>
> Dort ist sie;——nahe dich ihr ungestört! ...
> So flieht fur dierer Leben
> Mir jeder Hoffnung Schein!
>
> (Wagner's Tannhäuser)
>
> (你且去她的裙边,去算清了你们的相思旧债!……可怜我一生孤冷!你看那镜里的名花,又成了

泡影！）

这段文字中写到的《坦好直》，现在通译《汤豪舍》，是瓦格纳早期歌剧，瓦格纳作曲并自编剧本的三幕歌剧（情节剧），1845年首演于德累斯顿，1861年修订后上演于巴黎，现通行的即为“巴黎上演本”。不知郁达夫当时是观看了在日本上演的《汤豪舍》，还是读到了《汤豪舍》剧本，以至不厌其烦地在小说中设置“他”吟唱《汤豪舍》中的唱段的情节，来描写“他”当时“相思”又“孤冷”的复杂心情。不管怎样，郁达夫把瓦格纳写入了他的小说。

必须指出，《银灰色的死》是郁达夫公开发表的第一篇白话小说，用他自己在《〈沉沦〉自序》中的话说，就是“《银灰色的死》是我的试作，便是我的第一篇创作”。同年10月，《银灰色的死》作为“附录”收入郁达夫的小说集《沉沦》，由上海泰东图书局初版，立即一纸风行。瓦格纳也就以这种别致的方式进入了新文学小说经典。

一而再，再而三。仍然在《时事新报·学灯》上，1923年3月10日发表了郁达夫中学同学徐志摩的诗《听槐格讷（Wagner）乐剧》。诗落款“五月二十五日”，当作于1922年5月25日，徐志摩还在英国剑桥留学。这首诗共十一段，

每段四行,共四十四行,在徐志摩早期诗作中是较长也是较有代表性的一首,却鲜有人关注,现照录如下:

是神权还是魔力,
搓揉着雷霆霹雳,
暴风,广漠的怒号,
绝海里骇浪惊涛;

地心的火窖咆哮,
回荡,狮虎似狂嗥,
仿佛是海裂天崩,
星陨日烂的朕兆;

忽然静了;只剩有
松林附近,乌云里
漏下的微嘘,拂扭
村前的酒帘青旗;

可怖的伟大凄静
万壑层岩的雪景,

偶尔有冻鸟横空
摇曳零落的悲鸣；

悲鸣，胡笳的幽引，
雾结冰封的无垠，
隐隐有马蹄铁甲
篷帐悉索的荒音；

荒音，洪变的先声，
鼍鼓金钲幕荡怒，
霎时间万马奔腾，
酣斗里血流虎虎；

是泼牢米修仡司(Prometheus)
的反叛，抗天拯人
的奋斗，高加山前
挚鹰刳胸的创呻；

是恋情，悲情，惨情，
是欢心，苦心，赤心；

是弥漫,普遍,神幻,
消金灭圣的性爱;

是艺术家的幽骚,
是天壤间的烦恼,
是人类千年万年
郁积未吐的无聊;

这沈郁酝酿的牢骚,
这猖獗圣洁的恋爱,
这悲天悯人的精神,
贯透了艺术的天才。

性灵,愤怒,慷慨,悲哀,
管弦运化,金革调合,
创制了无双的乐剧,
革音革心的槐格讷!

这是目前所知道的现代新诗史上第一首也是唯一一首直接咏颂瓦格纳的诗,弥足珍贵。徐志摩这首诗虽然使用了一些冷僻的字词,却写得气势恢宏,对瓦格纳的歌剧竭尽赞美之能事。他当时在剑桥或伦敦到底观看了瓦格纳哪部或哪几部歌剧,已不可考,但他显然抓住了瓦格纳歌剧的精髓,充分肯定瓦格纳歌剧中"抗天拯人"的"反叛"、"猖獗圣洁的恋爱",而瓦格纳创制的这些"乐剧"之所以是"无双的",正是因为其"革音革心"。

徐志摩与瓦格纳的交集还不止这一次。他1925年6月25日从意大利翡冷翠[1]写给陆小曼的信中,又具体记录了对瓦格纳最完美的杰作《特里斯坦与伊索尔德》的观感。他对这部举世闻名的"情死"剧推崇备至,认为它"伟大极了,猖狂极了,真是'惊天动地'的概念,'惊心动魄'的音乐",还表示一定要带陆小曼去观赏。徐志摩真不愧是瓦格纳的中国知音。

到了1929年9月,丰子恺又在上海《一般》第九卷第一期上发表《乐剧建设者华葛纳尔及其名曲》。这是目前能够见到的新文学家所作第一篇较为全面地介绍瓦格纳生平和歌剧创作成就的文字,同样弥足珍贵。两年之后的1931年5月,上海亚东图书馆出版丰子恺著《世界大音乐

---

① 现通译"佛罗伦萨"。

家与名曲》一书，此文收入在内。

丰子恺是现代著名漫画家、散文家，他在美育(美术和音乐教育等)上也有诸多贡献，尤其在普及西方古典方面颇多著译，影响不小。《世界大音乐家与名曲》共十二讲，介绍了从莫扎特到德彪西十二位西方古典音乐大师，瓦格纳为第九讲。有意思的是，丰子恺把瓦格纳的歌剧按照瓦格纳的说法称之为“乐剧”，把瓦格纳称之为“乐剧建设者”、“现代综合艺术作家”，这与徐志摩的提法正好不谋而合。对何谓“乐剧”，丰子恺有很好的诠释：

> 所谓歌剧(Opera)，是与我们的剧相类的一种剧与音乐的合演。……这种音乐与剧合演，兴行于十六世纪的意大利，发展于法兰西。然而意法的歌剧，大都偏重音乐，以音乐为主而演剧为从……近代有思虑的音乐家，都不满意于这种音乐与剧的不自然的结合……德国的华葛纳尔就是歌剧的最大的革命者。他要表示音乐与演剧的平等并重，就改称歌剧为“乐剧”，即 Musikdrama。

丰子恺接着告诉读者，要创作“乐剧”“那样复杂的一种综合艺术品”,非有广博的多方面的天才不可,而“华葛纳尔便是一个博通一切艺术的天才者。他自己作文词,自己作乐曲,自己指挥演奏,亲手装饰舞台,又曾亲身登台演剧”。在丰子恺看来,“华葛纳尔是一个代表时代精神的大艺术家,与托尔斯泰,易卜生等并为十九世纪的伟人”,尽管“华葛纳尔死后,无人承继其事业,以致其所创设的乐剧终成为未成品。但在十九世纪中的当时,他这创业的伟大确有空前绝后之观”,评价实在不可谓不高。

不仅如此,丰子恺在书中还对瓦格纳生平事迹作了简要介绍,对瓦格纳歌剧《黎恩济》、《漂泊的荷兰人》、《汤豪舍》、《罗恩格林》、《女武神》、《齐格弗里德》和《特里斯坦与伊索尔德》等的剧情和剧中名曲作了精彩提示,且看他对《罗恩格林》中《婚礼合唱曲》的解说:

> 此曲在于歌剧《罗安格林》第三幕开始处,为罗安格林与爱尔硕的婚礼行列所唱的声乐曲。今已改编为洋琴曲,风琴曲,及种种器乐用的乐曲。在德国,称此种婚礼的行列为Brautzug。
>
> 此曲旋律单纯,节奏明快,最适合于婚礼的情调,使人听了立刻联想到华堂的盛会,及佳偶的幸

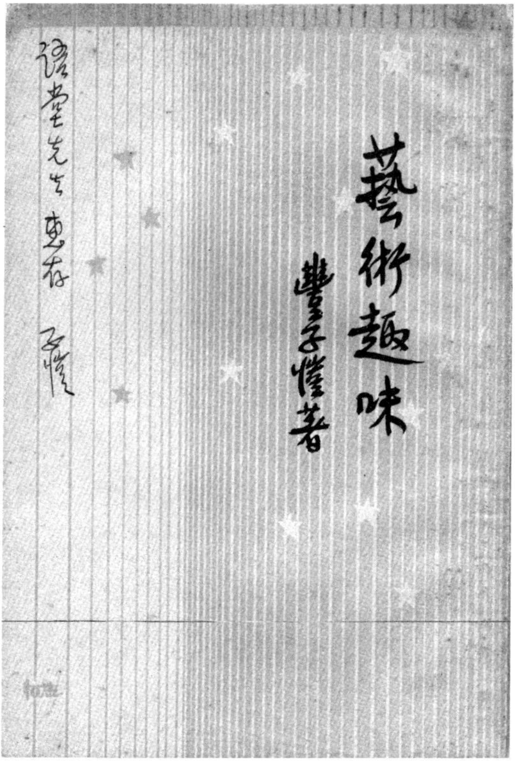

丰子恺著《艺术趣味》,1934 年 11 月开明书店初版,为作者题赠林语堂的签名本。书中收录《音乐之用》、《女性与音乐》等文

福。华葛纳尔的初期作品中所见的轻快的拍子与美丽的旋律中，又混着其从人生的经验上所得来的严肃与敬虔的情绪。

再看他对《特里斯坦与伊索尔德》中《恋之死》的解说：

> 《德理斯当与伊索尔地》在华葛纳尔的歌剧中是最悲哀的作品,又被认为古来最高的悲歌剧。其第三幕中的最后一曲《恋之死》尤以悲哀的音乐著名。
>
> 恋的魔酒把德理斯当与伊索尔地二爱人紧紧地系住在一块,使他们忘却了现世的一切,而梦想来世的幸福的生活。德理斯当抱了伊索尔地的腕而气绝,伊索尔地亦倒毙在德理斯当的尸骸上。马侃(Marke)王为这两个美丽的死者祈祷冥福，唱这曲啄爱的法悦的名歌《恋之死》。曲趣极悲,情炎高翔,有极锐利的感动力。

除此之外，丰子恺在1930年5月由上海开明书店出版的《近世十大音乐家》一书中也有专章述评瓦格纳。丰子恺特别声明此书“不是正式的音乐家评传,而以生涯中的故事逸话为中心”，因此这篇别开生面的瓦格纳小传突出了瓦格纳从爱好文学到投身音乐的转变、瓦格纳与尼采的交游与终结、瓦格纳在拜罗伊特等瓦格纳音乐创作史上的几个重要节点，在生动活泼的文字中，强调“华葛纳尔的伟业，是建立一切过去与一切近代音乐的分水岭”。

限于当时条件，对瓦格纳，丰子恺是否“以临音乐会，以听蓄音片[①]”，都是未知数。丰子恺也坦承，《世界大音乐家与名曲》参考了日本前田三男的《西洋音乐十二讲》等书，《近世十大音乐家》参考了日本服部龙太郎的《世界音乐家物语》等书。尽管如此，丰子恺率先向国人推介瓦格纳其人其乐并给予应有的评价，无疑功不可没。

对新文学巨子与瓦格纳的乐缘，以上只是粗略的爬梳，很可能有所遗漏。有趣的是，瓦格纳这个名字，郭沫若译作瓦格乃，徐志摩译作槐格讷，丰子恺译作华葛纳尔，郁达夫则未加翻译，径自以 Wagner 出之。然而，从郭沫若首次提到瓦格纳，郁达夫在小说中引用瓦格纳《汤豪舍》中的唱段，徐志摩专为瓦格纳“乐剧”写诗，一直到丰子恺接连撰文介绍瓦格纳及其“乐剧”，他们以各自不同的方式走

① 丰子恺在《〈世界大音乐家与名曲〉序言》中把唱片称之为“蓄音片”，倒也形象。

近瓦格纳，一环接一环，共同完成了一部中国20世纪20至30年代初的瓦格纳传播史。当然，他们对瓦格纳的理解还只是初步的，很可能远不够完全和深入，但毕竟筚路蓝缕，难能可贵。而今瓦格纳及其音乐在中国的演出、接受和研究早已有了长足的进展，回顾新文学前辈们早年的努力，不能不令人感慨系之。

甲午正月二十日急就于海上梅川书舍

音乐会奇缘：徐志摩、林徽因与克赖斯勒

在为数不多的热爱西洋古典音乐的中国现代作家中，徐志摩是特别引人注目的一位。负笈英伦期间，他就观赏了德国作曲家 W.R.瓦格纳（1813—1883）的歌剧，于 1922 年 5 月 25 日写下《听槐格讷（Wagner）乐剧》一诗，后发表于 1923 年 3 月 10 日上海《时事新报·学灯》，诗末他高度赞美瓦格纳："性灵，愤怒，慨慨，悲哀，/管弦运化，金革调合，/创制了无双的乐剧，/革音革心的槐格讷！"两年以后，徐志摩重游欧洲，1925 年 6 月 25 日在翡冷翠致陆小曼的信中又说：

> 昨晚去听了一个 Opera 叫 Tristan et Isolde。音乐，唱都好，我听着浑身只发冷劲，第三幕 Tristan 快死的时候，Iso 从海湾里转出来拼了命来找她的情人，

> 穿一身浅蓝带长袖的罗衫——我只当是我自己的小龙[1]赶着我不曾脱气的时候，来搂抱我的躯壳与灵魂——那一阵子寒冰刺骨似的冷，我真的变了戏里的 Tristan 了！
>
> 那本戏是出名的“情死”剧，Love Death，Tristan 与 Isold 因为不能在这世界上实现爱，他们就死，到死里去实现更绝对的爱，伟大极了，猖狂极了，真是“惊天动地”的概念，“惊心动魄”的音乐。

徐志摩写下这段话，固然是触景生情，想到了与陆小曼的恋情一波三折，从而对瓦格纳名剧《特里斯坦与伊索尔德》“到死里去实现更绝对的爱”产生强烈共鸣，但他被此剧音乐所深深吸引，以“惊心动魄”喻之，也是不争的事实。

不仅如此，徐志摩还在名篇《我所知道的康桥》中以“萧班(Chopin，肖邦)的《夜曲》”比喻剑桥康河两岸建筑“脱尽尘埃气的一种清澈秀逸的意境”；在《济慈的夜莺歌》中建议读者聆听“贝德花芬(贝多芬)的第六个‘芯芳南’(*The Pastoral Symphony*，即《田园交响曲》)”，因为其中有

---

① 指陆小曼。

"夜莺的歌声";在悼念次子的《我的彼得》中说爱子"有的是可惊的口味,是贝德花芬是槐格讷你就爱",还提到了"毛赞德(Mozart)"。凡此种种,都进一步说明徐志摩对西方古典音乐涉猎之广,理解之深。

明乎此,那么对徐志摩1923年5月间在北京一手促成奥地利著名小提琴家F.克赖斯勒(1875—1962)为中国听众演出,也就不会感到奇怪了。这个史实是林徽因首次披露的。徐志摩"云游"之后,林徽因于1931年12月7日在《北平晨报·学园》发展《悼志摩》,其中说:

> 对于音乐,中西的他[①]都爱好,不止爱好,他那种热心便唤醒过北京一次——也许唯一的一次——对音乐的注意。谁也忘不了那一年,克拉斯拉到北京在"真光"拉一个多钟头的提琴。

五年之后,徐志摩友人温源宁所作《徐志摩——一个大孩子》的中译在《逸经》第八期发表,文中说到徐志摩"像小孩搬弄玩具似的玩玩这样,玩玩那样"时,也特别提到

① 指徐志摩。

“爱尔兰文艺复兴，泰戈尔，梁启超，塞尚(Cezanne)的素描，辟卡梭(Picasso)的油画，梅兰芳，克赖斯勒(Kreisler)——这些都曾给他无穷的快乐”。

然而，无论林徽因还是温源宁的回忆，都未引起应有的关注。徐志摩留英归国之后在北京主催并得到林徽因协助的这次颇为成功的中外文化交流活动，一直未得到徐志摩和现代文学研究界较为全面的梳理。

1923年5月3日至7日，北京《晨报副刊》连载徐志摩的长文《得林克华德的〈林肯〉》，评论美国霍路会(W.E. Holloway)的剧团在北京公演英国诗人得林克华德的历史剧《林肯》。文中批评中国观众尤其是青年学子对“真艺术真戏剧”的“杰作”《林肯》不够热情，5日连载时说道：

> 乘便我可以报告不久有大手琴家克拉士勒Kreisler来京，他是近代有数的音乐大天才，爱真音乐的人，千万不可错过这最最难得的好机会。就是你们耗费了半月的薪水去听他一度的弦琴，结果还是你便宜的。

这是徐志摩首次在文章中提到克赖斯勒，虽然略带广告的性质。文中把小提琴家称之为“手琴家”，也颇别致。

一位中国青年诗人与一位外国小提琴大师的奇特因缘，就此开始。

克赖斯勒此次中国之行，到了上海、天津和北京。他在上海的演出盛况，本文不详细讨论，只介绍与徐志摩密切相关的北京之行。1923年5月8日北京《晨报》第六版刊登《世界著名手琴家不日来京》的消息，其中说"克氏艺术之价值，曾经徐志摩君于五月五日在本报副刊上略为介绍"。5月18日《晨报》第六版又发表报道《世界的大音乐家喀拉司拉　中国人领略真正音乐之机会》。此文介绍克氏生平甚详，不但认为他"是一个音乐天才"，而且还突出了他一战期间"四周间之战壕生活"和与美国人哈里埃德在战火中的可贵爱情。

紧接着这篇报道，又有一篇《为什么不？》，文末署"（徐志摩）"。换言之，此文出自徐志摩手笔。经查，迄今各种版本的《徐志摩全集》均未收入此文，此文又是徐志摩的一篇佚文。不过，这并非笔者首见。日本学者伊藤德也在《与耽美派相对立的颓废派：1923年的周作人和徐志摩、陈源》[1]中已经提到。可惜他未意识到这是徐志摩的佚

① 《现代中文学刊》，2013年第三期。

文，是一个可喜的发现。由于《为什么不？》的标题与正文字体一样，很容易被忽略，以致徐志摩这篇为欢迎克氏而作的佚文埋没长达九十年之久。鉴于此文的重要性，全文照录如下：

“有朋自远方来，不亦乐乎”。西洋来一个外交官，我们开会欢迎；西洋来一个政客，我们开会欢迎；西洋来一个资本家，我们开会欢迎；西洋来一个宗教家，我们开会欢迎；西洋来一个大兵官，我们开会欢迎。罗素说的到中国来的外国人可分三类：来括削我们膏脂的商人，来侵略我们土地的军人，来超度我们灵魂的教士。

最近方才有几位学问家光临，这是中外交通史上的新气象。我们原来是礼让从容的民族，如今感觉了文化的饥荒，益发低首下心的想向西方请益，所以每次有相当欧西文化的代表者来时，至少我们的总商会总教育会总怠惰请吃饭请演说，不论有相当的了解与否。

但我们求知好学的热心，固然可佳，同时我们也应得再深入一层，启发艺术界直接的密切的同情，那

晨報

即舊曆癸亥年四月初三日 星期五

世界的大音樂家 喀拉司拉

中國人領略眞正音樂之機會

喀拉司拉與哈里撲德夫人之愛情

四週間之戰壕生活

明晚之劇專演劇

教育部員索薪

爲什麼不？

1923年5月18日北京《晨报》第六版报道《世界的大音乐家喀拉司拉》和徐志摩佚文《为什么不？》

时我们才可以知道欧西文化真价值之所在。

所以上次英[美]国霍路会剧团来时不曾引起中国人相当的注意,我个人觉得是可惜极了。

这次又有一个最最难得最最弥贵的机会临到了,我们再不要让他随便错过才好!

这机会就是欧洲大梵和琳专家(Violinist)喀拉司拉(Kreisler)的初次东来。他才是值得一欢迎的外国人。他是近世音乐界的大天才,音乐又是白种文化的天才最集中最高尚最纯粹的表现。我们若然不曾领略西方的音乐,我们就没有见到欧化的菁华。

我所以郑重的大胆的说。我们是没有真音乐的社会,不要说二黄西皮三六调,就是昆曲丝竹也够不上音乐的名称。

你们听了大"胡琴"家这个名词,若然联想到王玉峰的三弦,或是刘宝全的大鼓,那你们的资格就够得上当现在的中华民国国会议员,因为前天我们有福气听到一位罗汉先生的妙语,他说莎士比亚"算什么会事,他无非是戏馆里的一个案目,他的戏还不如我们林步青的滩潢[簧]哪?"

艺术的目的决不是娱乐,真音乐史不是娱乐;真音乐是人类理想思想和情绪最高粹的外现，神灵的戟刺，灵魂的补剂。

喀拉司拉是一个真大艺术家，他在欧美每次演艺，没有不满座的。他到东方来，真是太难得的机会，独一的机会。

他琴弦上颤动出来的妙音，全世界再没有第二人能奏演的；我们能听他一次，真不知是多大的幸福哪！

他本月二十五二十九在天津，廿六廿八在北京平安，演奏。

座位颇贵，(比比的，但是十二分的值得)头等六元，二等四元，昨天我去看过，四元的早已卖完。六元的也只剩了不到十数。而且我敢断言买票的都是外国人。

我现在有个提议，请注意：——我想我们最好道[设]法请喀拉司拉君特别为我们学界演艺一次。或者我们可以请真光，或新明的主人来主办，我不知道喀君已经到京没有，但我猜想果然我们学界方面有好艺的热心与对他个人的仰慕，他一定肯为我们特别演艺，至少一次。

如其演场大，入场券也可以卖便宜些。最好各校爱音乐的人都出来帮忙，宣传，我很希望我们这次能做到这件事。

徐志摩在文中对“欧化的菁华”的西方古典音乐大加推崇，对中国古代音乐不以为然，批评“我们是没有真音乐的社会”，若放在“五四”反传统的大背景下，当不难理解。但他认为“真音乐是人类理想思想和情绪最高粹的外现”，确实不无启发。他主张应让国人接触真正的西方优秀文化，历史剧《林肯》在北京演出时，他就以未能实现此剧“专为学界再演一次”的愿望而感到“真太可惜”。因此，这次“真大艺术家”克赖斯勒到京，机不可失，他再次“提议”，在克氏已安排的“座位颇贵”的为外国人的专场演出之外，“最好道[设]法请喀拉司拉君特别为我们学界演艺一次”，并且提出了如何实施的具体办法。

此后未见《晨报》的后续报道。直到十天之后，《晨报》第六版又在显著位置刊出报道《今日之喀拉士拉提琴演奏会　中国人听真正音乐之唯一机会》。文中详细披露了徐志摩等人为争取克氏在北京为中国听众演出所作的种种努力：

喀拉士拉提琴 Violin 演奏会，居然今天下午五时至七时，在真光剧场，可以开演，真为中国人莫大幸福！此事经过情形，记者得诸发起人方面消息甚多，今略为读者谈谈。当一部分爱音乐者，闻喀氏将由东京来京时，即曾开一小小谈话会，商量聘请喀氏演奏事。后因喀氏住址不明，只得待其来京后再议。迨喀氏到津，某君即赶赴磋商，前日与喀氏同道来京，始知喀氏一切行程，均已安排妥帖，不能更改，只有今日下午，尚有余暇，如中国人盼其出演，渠亦极愿意。但据喀氏之书记司脱克云：当喀氏月初在上海演奏数次，听者除外人外，未见一华人影子，甚以为怪。何以中国人对艺术趣味如是之薄？及抵日本，在东京大阪各处演奏八日，无日不满座，且听者十分之九为日人，喀氏因此感觉中日文化程度，相差如是之远。故在日时因平安戏院来电相约，拟来京一行，同时始电询真光剧场，有无意思聘请，不幸真光又无复电，故喀氏遂决定在京只留三天(即二十六至二十八日)。抵津之后，始知中国人方面，亦有切望其为华人演奏者，但现时只剩二十八日(即今日)一日白天有时间，如真光能腾出场所，则喀氏当然亦愿将欧洲文化之精粹,介绍华人云云。某君得此消息,立刻走商真光,幸真光主人慨然允诺,谓喀氏既有此盛意,则彼亦愿提供场所,不收费用。两方面既已说妥,此事自可成功。唯其中又生一困难问题,即喀氏之酬金是,喀氏在日本每次出演得酬金三千五百元日金,此次在京津两次,则为三千元华币。嗣经某君与司脱克磋商结果,喀氏愿减价至二千五百元,为华人特演一次。而真光座位尽量不过六百人,每位平均以二元计,得价仅一千二百元,所差尚巨。(而酬金以外之各种费用,亦非五六百元不可。)当由某君及某某两女士竭昨日一日之力,向各方面劝募结果,始能勉强凑成此数,而兹事总算成功。吾人今日得晤此钧天之音,不能不感谢此几位奔走之人也。

之所以不厌其烦录下这段文字,无非为了尽可能真切地还原历史。从中至少可以了解六点:一、为了克赖斯勒此次演出,当时召开过“一小小座谈会”,“爱音乐者”徐志摩既“提议”此事,理应参加。与会者还有谁?不得而知,但林徽因很可能在内。二、“某君”曾特赴天津拜访克氏及其助手,并陪同他们到京。L.P.洛克纳 1950 年在纽约出版的克氏英文传记中专门提到克氏对此事的回忆，中文《小提琴之王克莱斯勒画传》[1]中也有所反映，只是细节上有所出入，访问地点不在天津而在北京：

> 在北京，我[2]的第一场音乐会在大使馆里举办，听众基本上都是当地最杰出的白人居民。后来有位中国青年来找我，他的英语说得很好，而且一望而知并不属于高级阶层。他说："我们获悉你只为外国人演奏，请你答应也为我们中国人表演一场。"我当然很高兴地接受了他的建议。第三天下午，我就为这个中国人专场演奏了巴赫、贝多芬和勃拉姆斯的音乐。在我的演出经历中，很少能为一个如此高雅的听众群体演奏。

"某君"，也即"英语说得很好"的"中国青年"，应该就是徐志摩。至于到底到哪里拜访，则待进一步查考。三、克氏对其上海演出没有中国听众深表失望，因而虽然北京行程已经排定，仍对"某君"的恳请欣然接受。四、能否争取克

① 吴维忠著，北京：现代出版社，2004 年版。

② 即克赖斯勒。

氏为中国听众演出实际已经涉及民族情感，必需以此证明中国人也具有“艺术趣味”。五、经“某君”多方奔走联系，终于妥善安排克氏演出地点、时间。六、“某君及某某两女士竭昨日一日之力”,又解决了演出减低酬金和募集一应费用等事宜,而“某某两女士”之一,也很可能就是林徽因。有趣的是,这篇报道还特别提醒观众“听时千万静肃,演毕始可鼓掌”,大概也是首次对中国听众普及聆赏古典音乐会的常识。

在徐志摩的不懈努力下，克赖斯勒小提琴独奏会终于于1923年5月28日下午在北京真光剧场举行,并取得圆满成功。5月29日《晨报》第六版又以《满场心醉喀拉士之妙技》为题作了详细报道。中华民国总统黎元洪夫妇出席了演奏会。在包厢就座的“概系送赠此次捐款援助之人,如冯耿光,王家襄,王敬芳,林长民,曾牖,卓定谋,梁启超,张嘉璈,章士钊,谈荔孖,邓君翔,钱永铭,张嘉森等”文化界和商界著名人士。特别应该提到的是演出之前的开幕式:

> 五时十分喀拉士拉及其夫人莅临……当由梁启超林长民徐志摩林徽音女士等导其入台后休息室。

> 少顷林徽音女士复导其登台，全场鼓掌雷动，良久始止。由林女士报告聘请喀氏演奏之旨趣，及说明音乐与文化之关系。介绍毕喀氏复向听众道谢由德人某翻译。五时二十分开演，琴声一响，万籁俱寂。

关于克赖斯勒的答谢，音乐会后有人追忆，克氏强调："中西文化很有接近的希望，现在西洋人都很研究中国底哲学和艺术了。"[①]总的说来，这段报道可圈可点，再清楚不过地告诉我们，徐志摩与他老师梁启超、亦师亦友的林长民以及心仪的林徽因一起，在克氏演奏会上扮演了至关重要的角色。林徽因担任的其实是司仪，这应该是她在北京中外文化交流公开场合首次正式露面。《小提琴之王克莱斯勒画传》中对此也有如下记载："在音乐会开始演奏之前，一位曾经留学伦敦的华人女青年站在台上，向听众讲解了聆听西方音乐会的行为规范和注意事项。"以前一直认为"林徽因的才华首次展示于社会是泰戈尔访问北京的那些日子，一九二四年的四、五月间"[②]。这个结论现

---

① 芳信：《"看"音乐与学时髦》，《晨报副刊》，1923年6月12日。

② 陈学勇：《莲灯诗梦：林徽因》，北京：人民文学出版社，2004年版。

在要改写了。因为早在一年前，林徽因就在克氏演奏会登台亮相，而且这也是徐志摩回国后两人首次成功的合作。

该篇报道以杜甫的名句“此曲只应天上有，人间能得几回闻”来形容克赖斯勒的精妙琴技。演出结束后，京剧艺术家“梅兰芳及该会发起人等[①]，特赠送喀氏三个大花篮，喀氏极为满足”。报道的结尾意味深长，作者认为克氏演奏会获得如此成功，“亦足见近来中国人已一扫其数千年来崇拜官僚军阀之心理，而渐知尊重艺术家矣”。这段话与徐志摩佚文《为什么不？》所提出的观点正相呼应。

到底克赖斯勒在这次演奏会上演奏了哪些西方古典名曲？据后来发现的外文“节目单”，依次计有：贝多芬的《克鲁采奏鸣曲》、门德尔松的《E 小调小提琴协奏曲》、格鲁克的《旋律》、莫扎特的《C 大调回旋曲》、勃拉姆斯的《圆舞曲》第十五首、斯科特的《安乐乡》，以及克氏自己创作的《维也纳狂想曲》(op.2)和《中国花鼓》。[②]但是，按照该篇报道，音乐会“五时二十分开演”，中场“休息十五分钟”，“七时十分演毕”；按照林徽因的回忆，音乐会只有“一个多钟

① 应指徐志摩等人。

② 参见李岩：《克赖斯勒 1923 年北京演奏会及相关评论》，《中央音乐学院学报》，2001 年第一期。

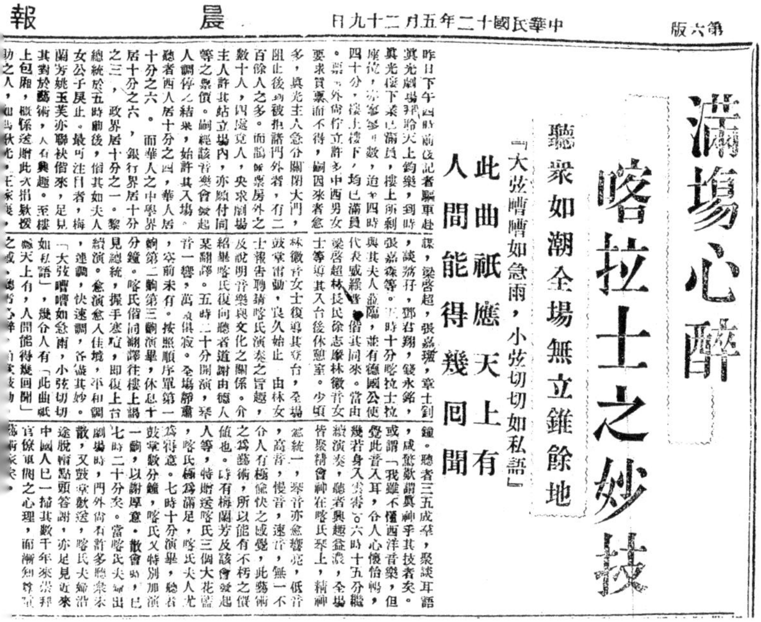

第六版　中華民國十二年五月二十九日　晨報

滿場心醉 喀拉士之妙技

聽衆如潮全場無立錐餘地

「大弦嘈嘈如急雨，小弦切切如私語」

此曲祇應天上有 人間能得幾回聞

昨日下午四時前後記者驅車赴真光劇場拜聆天上鈞樂，到時真光樓下桌已滿員，樓上所剩座位，亦寥寥可數，迨至四時四十分，樓上樓下，均已滿員。聞門外尚佇立許多中西男女要求買票而不得，嗣因來者愈多，真光主人急令關閉大門，阻止後到。被拒諸門外者，有二百餘人之多。而臨時票房外之數十人，因遠道人，央求劇場主人許其站立場內，亦願付同等之票價。嗣經該音樂會發起人調停之結果，始許其入場。聽者西人居十分之四，華人居十分之六。而華人之中學界居十分之六，銀行界居十分之三，政界居十分之一。黎總統於五時前後，偕其如夫人女公子戾止。最可注目者，梅蘭芳姚玉芙亦聯袂偕來，足見其對於藝術，大有興趣。至樓上包廂，概係送贈此次捐款援助之人，如[illegible]，王家襄，[illegible]

課，梁啟超，張嘉璈，章士釗，談荔孫，鄧君翔，錢永銘，張嘉森等。五時十分喀拉士拉與其夫人蒞臨，並有德國公使代表威[illegible]偕其同來。當由梁啟超林長民徐志摩林徽音女士等導其入台後休憩室。少頃林徽音女士復導其登台，全場鼓掌雷動，良久始止。由林女士報告聘請喀氏演奏之旨趣，及說明音樂與文化之關係。介紹畢，喀氏復向聽者道謝，由德人某翻譯。五時二十分開演，琴音一響，萬籟俱寂。全場靜肅，空前未有。按照順序單第一齣第二齣第三齣演畢，休息十分鐘。喀氏偕同翻譯往樓上謁見總統，握手寒暄，即復上台繼演。愈演愈入佳境，平和調，連調，快速調，各盡其妙。「大弦嘈嘈如急雨，小弦切切如私語」，幾令人有「此曲祇應天上有，人間能得幾回聞」之感。聽者心醉，[illegible]

鐘。聽者三五成群，聚談耳語，咸驚歎謂真神乎其技者矣。或謂「我雖不懂西洋音樂，但覺此音入耳，令人心懷怡暢，幾若身入雲霄。」六時十五分繼續演奏，聽者興趣益濃，全場皆聚精會神在喀氏琴上，精神[illegible]統一，琴音亦愈響亮，低音，高音，慢音，速音，無一不令人有極愉快之感覺，此藝術之為藝術，所以能有不朽之價值也。時有梅蘭芳及該會發起人等，特贈送喀氏三個大花籃，喀氏夫人尤為得意。七時十分演畢，聽者鼓掌數分鐘，喀氏又特別加演一齣，以謝厚意。散會時，已七時二十分矣。當喀氏夫婦出劇場時，門外尚有許多聽衆未散，又鼓掌歡送，喀氏夫婦沿途脫帽點頭答謝，亦足見近來中國人已一掃其數千年來崇拜官僚軍閥之心理，而漸知尊重藝術家矣。

1923 年 5 月 29 日北京《晨报》第六版报道《满场心醉喀拉士之妙技》，文中提到徐志摩和林徽因在音乐会上的合作

头”,因此,是否全部演奏是个疑问。

克赖斯勒这次小提琴演奏会是1920年中期北京中外文化交流史上一件努力体现中国人“艺术趣味”和民族情感的颇有意义的活动,徐志摩策划和促成之功不可没,林徽因积极参与也必须提到。遗憾的是,徐志摩与克赖斯勒从此再无交集。他生得比克氏晚,走得却比克氏早。而克氏直到去世,也不知道那位说动他专门在北京为中国人举行一场小提琴演奏会的年轻人是未来的中国新诗祭酒徐志摩。毕竟,克赖斯勒已是名扬四海的小提琴家,而徐志摩还刚刚在中国新诗坛崭露头角。

(原载2013年6月30日《东方早报·上海书评》)

沈从文与莫扎特

春阳明媚的午后,听莫扎特,又想到中国现代作家与西方古典音乐的关系。去年在上海音乐学院以此为题作过一次演讲,提到早在1907年,鲁迅就在《科学史教篇》中赞誉贝多芬,他主张为"致人性于全,不使之偏倚",科学应与人文并重,"不惟奈端(牛顿)已也,亦希诗人如狭斯丕尔(Shakespeare);不惟波尔(波义耳),亦希画师如洛菲罗(Raphaelo);既有康德,亦必有乐人如培德诃芬(Beethoven);既有达尔文,亦必有文人如嘉来勒(Garlyle)"。[①]但限于当时条件,鲁迅是否听过贝多芬,存疑。

然而,我一一介绍了郭沫若、郁达夫、徐志摩、刘荣恩、赵萝蕤、张爱玲、傅雷、林以亮等作家、翻译家或深或浅的

① 引自《鲁迅全集·坟》,北京:人民文学出版社,2005年版。

古典音乐缘，却遗漏了一位重要的现代作家，那就是与古典音乐关系颇为密切的沈从文。沈从文虽然被称为“乡下人”，却对古典音乐情有独钟，并形诸文字，他在1940年代的作品中一再提到莫扎特和其他古典音乐大师。

在1940年所写的《烛虚》中，沈从文一方面自谦“我不懂音乐”，另一方面又认为人生有种“永生”境界，“似乎用文字颜色以及一切坚硬的物质材器通通不易保存”，唯独“如知和声作曲，必可制成比写作十倍深刻完整动人乐章”，而“如由莫扎克（即莫扎特）用音符排组，自然即可望在人间成一惊心动魄佚神荡志乐章”。至于他自己的写作呢？“目前我手中所有，不过一支破笔，一堆附有各种历史上的霉斑与俗气意义文字而已。”对自己的作品如此严格，如此不满，对莫扎特的音乐又如此首肯，如此推崇，说明沈从文真的喜欢莫扎特。

六年之后，在《绿魇》中，沈从文进一步对莫扎特的音乐表示倾倒。他充满感情地写道：

> 给我一点点好的音乐，巴哈或莫扎克，只要给我一点点，就已够了。我要休息在这个乐曲作成的情境中，不过一会儿，再让它带回到人间来，到都市或村

> 落,钻入官吏颟顸贪得的灵魂里,中年知识阶级倦于思索怯于惑疑的灵魂里,年青男女青春热情被腐败势力虚伪观念所阉割后的灵魂里,来寻觅,来探索,来从这个那个剪取可望重新生长好种芽, 即或它是有毒的,更能增加组织上的糜烂,可能使一种善良的本性发展有妨碍的,我依然要得到它,设法好好使用它。

这段话说得真好。莫扎特和巴赫的音乐是那么“好”,那么高尚圣洁,我们只要聆听“一点点”,就有可能获得启示和感悟。沈从文看重古典音乐诉诸人的心灵的独特的感染作用, 正如他所自我解剖的:“音乐对于我的效果,或者正是不让我的心在生活上凝固,却容许在一组声音上,保留我被捉住以前的自由! ”

沈从文对莫扎特入迷, 大概与他受到张定和的影响有关。张定和是他夫人张兆和三弟,先学美术后学音乐。沈从文 1946 年还写过一篇《定和是音乐迷》,记述他与定和的交往与定和的音乐生涯。文中说:“一谈天,才知道定和原来当真是个音乐迷。肖邦、巴哈、莫扎特、或勗贝特(舒伯特),这位或那位,总之凡是地球另外一边那些会用五线谱先迷住了自己一生, 又迷住了世界一世纪半世纪的人物,早已把定和征服了。”[1]其实,这段话如移用到沈从文自己身上,应该也是合适的,他无疑也属于被莫扎特们“征服”了的“音乐迷”之一。

可惜,沈从文当时到底喜欢莫扎特哪些作品,已不可考了。沈从文逝世后,他的追悼仪式上播放了贝多芬的《悲怆奏鸣曲》(一说拉赫玛尼诺夫的钢琴曲),也许再播放莫扎特的《第二十七钢琴协奏曲》,他在天国会更感到欢欣和宽慰?

甲午正月廿三日急就于海上梅川书舍

① 以上均引自《沈从文全集》第十二卷,太原:北岳文艺出版社,2003年版。

刘荣恩:迷恋古典音乐的新诗人

刘荣恩(1908—2001)这个名字,不要说一般读者感到十分陌生,就是海内外研究中国现代文学史的专家学者,恐怕大多数也不甚了然。他是新诗人、书评家、翻译家,又擅绘画,更是西洋古典音乐爱好者,却长期以来很少被人提及。

不过,这也是事出有因。刘荣恩无论写诗还是写书评,都特立独行,与众不同。他生于杭州一个基督教家庭,自小随父母移居上海。1930 年毕业于北平燕京大学英文学系,即执教于天津南开大学。沦陷时期执教于天津工商学院,抗战胜利后又执教于南开大学西洋文学系。1948 年赴英国牛津大学贝利奥尔学院访学,后定居英国,致力于中国古典文学翻译,出版过《六出元杂剧》等书,更对水彩画创作入迷。关于他和他的家人在英国的生活,友人陈晓维在《好书之徒·刘荣恩诗集》中已介绍颇详。

刘荣恩最初受到新文坛关注是由于他的书评。萧乾1935年7月进入大公报社主编《大公报·小公园》，同年9月接替沈从文主编《文艺副刊》与《小公园》合并的《大公报·文艺》，大力提倡书评。从1936年2月至次年6月，刘荣恩撰写的书评频频出现于《大公报·文艺》，总共有七篇之多，清一色评论英文文学作品和译文集，包括“吉卜龄的《金姆》和《吉卜龄自传》、勃克夫人（即赛珍珠）的《流犯》、爱克登和陈世骧合译的《现代中国诗选》、日本小铟重良英译《李白诗集》、T.S.爱略脱的《礼拜寺中的谋杀》和《赫斯曼诗拾遗》”等书，俨然成为《大公报·文艺》书评的主要作者之一。难怪萧乾后来回忆说，他编《大公报·文艺》，“组织起一支书评队伍：杨刚、宗珏、常风、李影心、刘荣恩等”[①]。

诚然，刘荣恩的文学成就主要还是在新诗创作上。他曾在沦陷时期的天津组织新诗社，创办并主编《现代诗》季刊。从1938年到1945年，他先后印过六本新诗集，即《刘荣恩诗集》（1938）、《十四行诗八十首》（1939）、《五十五首诗》（1940）、《诗》（1944）、《诗二集》（1945）和《诗三集》

① 萧乾：《未完成的梦——〈书评面面观〉序》，《人民日报》，1987年10月3日。

(1945)，一律“私人藏版限定版”，每种印数仅百册，非卖品。换言之，这些诗集都是自费少量印刷，秘而不示众人，赠送同好以博一粲而已。而且，这些诗集的书名与大多数新诗集不同，朴实无华，好几种只标明这是诗集、集中收录了多少首诗而已，这在众星灿烂的中国新诗人中也绝对是个异数。

尽管如此低调，不求张扬，只对自己和友人“说着古老的故事”，但刘荣恩的诗还是获得了文坛的关注和好评。其同事、小说家毕基初就曾在1944年8月《中国文学》第一卷第八期发表书评《五十五首诗》热情推介。1990年代《中国沦陷区文学大系》问世，刘荣恩有《十四行》、《江雨中》、《长安夜》等五首新诗入选，编者认为刘荣恩的诗“讲求新鲜的意象、独特的色彩、深沉的哲理，力图探索使新诗摆脱对音乐、图画等艺术的依附而表现诗独立的艺术价值，用现代人的观点重新审视诗的内容与形式，受废名诗歌观点的影响较大。其诗作在当时华北沦陷区诗坛上有着鲜明的艺术个性”①。

然而，笔者对刘荣恩最感兴趣的是他咏赞西洋古典

① 封世辉：《中国沦陷区文学大系·史料卷·刘荣恩小传》，南宁：广西教育出版社，2000年版。

音乐的那些诗作。不久前,笔者有幸购得他的《诗二集》,版权页作:"《诗二集》私人藏版限定版壹佰本 此本为第陆拾柒本","陆拾柒"为小楷毛笔书写,题词页印有"给荫"两字,即题献给夫人程荫。在书的前环衬有原收藏者的铅笔题词:

> 抗战期间于天津工商附中听过刘荣恩先生的英语课(刘先生还举行过个人画展) 赵令谦 1961.1.25 西单

在《诗二集》卷三和卷四中,我欣喜地发现了刘荣恩咏赞肖邦、德尔德拉以及《马赛曲》的三首小诗。第一首题作*Nocturne in E minor*(Chopin,op.72),全诗如下:

> 那夜,肖邦,
> 你想的是什么?
>
> 无穷的温柔,忧郁,
> 无穷尽流浪的黄昏凄凉。

刘荣恩著《诗二集》,1945年作者自印,书中收录咏赞肖邦、德尔德拉以及《马赛曲》的诗

轻轻微微，
偷偷摸摸的
藏在 Nocturne 里。

今黄昏
伴着流浪人的黄昏凄凉，
我难受极了
想找一个人说说。

“钢琴诗人”肖邦(1810—1849)的《夜曲》系列是其迷人的钢琴世界中的精华，是“浪漫派一代人的梦幻和叹息”[①],充满优雅的感伤,晶莹剔透。这首肖邦身后才出版的被列为“op.72 No.1(遗作)”的 E 小调《夜曲》是肖邦的早期作品,在《夜曲》系列中“并不出色”,虽然也自有其特点。刘荣恩为这首相对较少受人注意的肖邦《夜曲》写下这首诗,触景生情,赞叹肖邦把“无穷的温柔,忧郁”“轻轻微微,偷偷摸摸的藏在 Nocturne 里”,说明他是懂得肖邦的。

第二首题作 *Franz Drdla:Souvenir*,全诗如下：

---

① B.加沃蒂:《肖邦传》。

回忆像
鱼在音乐底湖面上
蹦着。

像用刀
把鱼鳞
倒片下来。

今夜听
Souvenir
铁针在脸上写。

弗朗兹·德尔德拉(1868—1944)是捷克作曲家、小提琴家,在19世纪后期的西方音乐家中算是高寿了。他虽不是大家、名家,但也写过轻歌剧、钢琴曲和艺术歌曲,也有一些作品传世,最有名的就是《小夜曲》和这首《纪念曲》。刘荣恩为这样一位较为冷僻的作曲家写诗,抒发夜深人静之时聆听《纪念曲》的感受,全诗九行才三十多个字,用字极为简练,意象更是奇特,令人过目难忘。此诗既可见刘荣恩对古典音乐的入迷，也可见他诗艺的别具一格。

第三首题作《星星》，全诗如下：

天津乙酉年冬钢琴独奏会终
法兰西老音乐家弹法国国歌

在北国听见异国人弹她
故国的情调——
只有一股气
来塞住嗓子口，
泪包着眼的
负着冬天的
星星
回来；
路上散着
星底希望
同一天的星星
照着两地的
情调。
何苦
在北国替

异国人
忍着泪回家。

这首《星星》在三首诗中最长，刘荣恩在诗前有段文字说明，清楚地交代了写作此诗的缘由。“乙酉年冬”当为1945年冬，在天津的一场钢琴独奏会上，来自法国的女钢琴家(诗中写的是“她”)弹奏了足以代表其“故国的情调”的法国国歌，即著名的《马赛曲》。《马赛曲》出自法国诗人、作曲家鲁日·德科尔(1760—1836)之手，作词谱曲都是他。此曲音调铿锵有力，洋溢着争取民主自由的热情，两度被定为且至今仍为法国国歌，绝非偶然。即便德科尔没有写过其他音乐作品，单凭这曲《马赛曲》就令他在西方音乐史上永垂不朽。刘荣恩显然被钢琴弹奏的《马赛曲》深深感动了，以至演奏会散后“泪包着眼的／负着冬天的／星星／回来”，因为他与异国的演奏家心有灵犀，“同一天的星星／照着两地的／情调”。

这三首小诗只是刘荣恩咏赞古典音乐新诗的一小部分。据笔者所知，他还写过许多，单是已经收集的就有《贝多芬：第九交响乐》、《“维也纳森林故事”》、《圆舞曲》、*Tchaikovsky*:*Symphony No.4*、*Sonata in F Minor*(“*Appas-*

sionata")、《莫扎特某交响乐》等多首,涉及莫扎特、贝多芬、柴可夫斯基、施特劳斯等古典音乐大师。因此,若说刘荣恩是中国现代诗人中写诗咏赞西洋古典音乐成果最多的一位,大概是没有问题的。

刘荣恩当年在国内聆赏西洋古典音乐,大概主要只能借助于老式的慢转唱片,而仍能独有会心,化作精美的诗句,殊为难得。他晚年定居英伦,欣赏古典音乐的条件已今非昔比。但据说中文"诗歌创作,是基本上停止了……有兴致的时候也零零星星写过几首英文诗"[①]。那么,其中有没有咏赞古典音乐的乐章?笔者好奇,也有所期待。

(原载2013年7月21日《东方早报·上海书评》,
收入本书时有增补)

① 陈晓维:《好书之徒·刘荣恩诗集》。

谭小麟、欣德米特和傅雷

——兼谈两通傅雷佚简

久不见人提起谭小麟了。现在的人只知道谭盾，不知道谭小麟。其实，在20世纪中国音乐史上，谭小麟是个闪闪发光的名字。若要追溯中国对20世纪西方现代音乐的引进，更不能不提到谭小麟。出生于1912年的谭小麟，本是30年代国立上海音专的才子，黄自的高足，后踏着黄自的足迹，先入美国欧柏林大学音乐学院，再转美国耶鲁大学音乐学院深造，1945年以《弦乐三重奏》获杰克逊(John Day Jackson)奖。1946年学成归国，出任母校理论作曲系教授兼主任。令人痛惜的是天不假年，两年之后就因病永别了他心爱的音乐事业。当时有人把谭小麟的英年早逝与莫扎特年仅三十六岁就停止天才的歌唱相提并论。

在耶鲁求学期间，谭小麟并没有正式攻读学位，这足可见他的特立独行。但他自1942年起追随欣德米特潜心研读理论作曲。欣德米特的大名,爱好古典音乐的朋友想必耳熟能详。他不但以一曲《画家马蒂斯》成为20世纪西方现代派音乐的大师,也以作曲教授、音乐理论家、室内乐和小提琴演奏家而著称于世,时在耶鲁教授理论作曲。谭小麟跟欣德米特学习整整四年,深得欣氏的赏识,欣氏多次亲自演奏或指挥谭小麟的作品，如他曾获耶鲁音乐奖的《弦乐二重奏》(小提琴与中提琴)初演就由欣氏担任中提琴演奏。谭小麟在上海音专执教期间，就以欣氏名著《作曲技法》为教材讲解现代作曲技法,在当时令人一新耳目。完全可以这样说，谭小麟不但是20世纪追随世界级音乐巨擘学习作曲的第一个中国作曲家，也是将西方20世纪现代派音乐引入中国的第一个音乐教育家。

谭小麟逝世以后,欣德米特在悲痛之余写了《谭小麟歌曲选集》的序文以为纪念,这是欣氏唯一的一次为东方学生的作品集作序。这篇珍贵的序的中译文字在相隔三十四年之后才在我国发表。文中说:“我因为他[①]是一位杰出的中国乐器演奏高手而钦佩他。但舍此而外,他对西方

---

① 指谭小麟。

的音乐文化和作曲技术也钻研得如此之深，以至如果他能有机会把他的大才发展到极限的话，那么在他祖国的音乐上，他当会成为一位优异的更新者，而在中西两种音乐文化之间，他也会成为一位明敏的沟通人。”欣德米特说得多么好啊！而促成这篇凝聚着中西音乐家师生情谊的序文问世的，不是别人，正是大翻译家傅雷。

傅雷对西方古典音乐有着精湛的造诣，翻译了《贝多芬传》，撰写了颇有见地的研究莫扎特和肖邦的论文，培养了杰出的钢琴演奏家傅聪，这些早为人所熟知。他1940年代在上海音乐界有广泛的交游，与谭小麟也熟稔。谭小麟1948年8月1日谢世，8月16日傅雷就致函欣德米特通知噩耗，可惜这封信已经失落。值得庆幸的是，傅雷随之所写的两封致耶鲁音乐学院院长的信完好地保存至今。这两封信都是法文打字，傅雷在信上所用的拼音名字是他的字“怒庵”，但在第二封信的中文签名则用了“傅雷”二字。现先把写于1948年10月8日的第一封信的译文照录如下：

敬爱的院长：

我在八月十六日致函保罗·欣德米特先生，让他知道他的惟一的中国学生，也是我国现今仅有的作曲家谭小麟去世的消息。谭从一九四二年到四六年在贵校，曾以他的《弦乐三重奏》获杰克逊奖，也许您还有所记忆。由于未能获得美国方面的任何回音，我在十月六日，也就是两天前，又再度写信给欣德米特先生，问他愿不愿意为我们正在筹备的谭氏作品专集作序。昨晚在一个偶然的机会里，我才知道欣德米特先生今年休假，可能不在纽海文。因而我冒昧地请求您把贵同事的现址告诉我，以便我能和他取得联系。如果能够以可靠的途径将我十月六日那封挂号信转给欣德米特先生，就再好不过了。那封信应该会和本信同时到达贵校。

我们一群谭的老朋友已经组织了一个纪念委员会，准备：一、开一场音乐会纪念他；二、编辑他的作品；三、从这些作品中选出一些有代表性的来录音。

我深信您一定会助我一臂之力，盼速回信，并请接受我的致意。

傅雷

如果能以空邮回复，我将十分感激。又及。

当时的耶鲁音乐学院院长布鲁斯·赛蒙斯于10月12日接到傅雷此函的当天立即作复，告知傅雷校方也已从不久前到校的一位中国黄氏新生处获此噩耗，他将及时转告正在欧洲旅行的欣德米特，并将欣氏在欧洲的行程相告,最后询问谭小麟去世的详情,以便存档。于是,傅雷在10月18日再次致函赛蒙斯院长。此信更长,也更重要,全信如下：

敬爱的先生：

十分感激您十月十二日的来函。我立刻就可以告诉您一些关于我们的朋友谭小麟去世的详情：

自从他回到中国之后，他就一直受困于和忧虑着他在战争期间损失极重的家务。他的妻子身染肺病,在他远离时已数度动过手术,等到他终于归来时已经奄奄一息了。她终于在一九四七年七月去世,正好早她丈夫一年。一九四八年七月的整个月里,他一直显得非常虚弱，而且从七月十六日开始每天都有轻微发烧。然而他自己并没有注意,也没就医,日以继夜(毫不夸张)地为他那些行将毕业的上海音专的学生的音乐会工作。他终于在七月二十六日为剧烈的头痛和高烧而卧倒。二十八日左右,他的下肢末端开始麻痹;二十九日,残酷的病魔袭击到他的呼吸器官。他在一九四八年八月一日下午逝世。到现在还没有人能够诊断他到底患了什么病症;医治他的大夫们互相之间也不一致,有的说是急性小儿麻痹症,有的则说是肺结核脑膜炎。

不过,我们(他的朋友们)都相信他去世的真正原因无他,而是他的家庭,那个可憎的旧式中国家族制度。谭小麟的孝顺阻止了他的反抗,因而给他带来了无比的忧愁,最后导致他的体力日衰。

我们正在抄写他的作品以便出版,却很惊讶地发现他那首《弦乐三重奏》的手稿竟然写得那么混乱。在你们的存档中可有一份可靠的三重奏谱?如果有,可否借给我们抄写呢?

如果用航空挂号,我想您借给我们的乐谱可以在一个月之内回到美国,因为抄写这样一首作品用不上一周。如果我们以现有的手稿为蓝本,那不但会有双倍的麻烦,还要冒着抄错的危险,那将是不可收拾的。因此我热切地期待着您的善心襄助。

今天我写信到奥地利给欣德米特先生,但也担心我的信件不能及时赶到，因为亚洲和欧洲之间的航空班次较少。

我渴望知道您所提到的这位黄氏新生可不可能继承谭小麟的足迹。因为经过了这一损失，我们除了寄望于另一个来走我们的朋友所开辟的道路之外，别无慰藉。我们认为谭小麟的歌曲是真正中国人的新声。诗歌和音乐已经分离了六个世纪之久，从宋代开始中国人就不再唱歌了。

请原谅我的唠叨所带给您的麻烦，同时请接受我真诚的致意。

傅雷

傅雷的恳请终于有了圆满的结果，欣德米特为谭小麟作品集所写的充满深情的序文将永存中西音乐交流史册。傅雷这两封信的字里行间所流露出来的对谭小麟的诚挚友谊、由衷推重和深切同情，他为出版谭小麟作品集所做的不懈努力，以及他对中国新音乐发展的独到见解，实在使人感佩。这两封信和围绕着这两封信的动人史实，是研究中国现代音乐史的宝贵资料，却一直鲜为人知。2001 年 9 月，北京三联书店出版了《傅雷书简》一书，搜录傅雷各个时期与三十余位友朋辈的两百三十九通书信，颇为齐全。但这两封致耶鲁音乐学院院长的信札并不包括在内，因此，它们又是新发现的傅雷佚简，弥足珍贵。

(原载2002年3月20日《文汇报·笔会》)

别开生面的音乐评论

——略谈傅雷佚文《乐曲说明》

一代译坛巨匠傅雷也是一位具有独特风格的杰出音乐评论家，这早已有一册脍炙人口的《与傅聪谈音乐》[1]为证。最近新发现的此书失收的《乐曲说明》是傅雷为 1956 年 9 月 21 日上海傅聪钢琴独奏音乐会所写的说明书，再次清晰地显示了傅雷在古典音乐鉴赏上的精湛造诣和音乐评论上的深刻见解。

1955 年 3 月 19 日在中国当代音乐史上是个重要的充满光彩的日子。就在这一天，傅雷长子傅聪在波兰华沙举行的第五届国际肖邦钢琴比赛中荣获季军并演奏《玛祖卡舞曲》最优奖[2]，这是中国演奏家首次在国际著名音乐比赛中获奖，意义自然非同一般。

---

① 北京：三联书店，1984 年版。

② 冠亚军分别是波兰的哈阿谢维茨和前苏联的阿胥肯纳吉。

翌年金秋，傅聪回国探亲，于9月21日在上海美琪电影院举行独奏音乐会，演奏从古典到现代七位名家，即斯卡拉蒂父子、巴赫、亨德尔、德彪西、肖邦和中国作曲家桑桐的钢琴曲，向故乡听众汇报。傅雷也满怀喜悦，亲自为这场音乐会撰写了《乐曲说明》。音乐会取得了圆满成功，著名音乐家丁善德称赞傅聪以“抒情的手法，诗意地完满表达肖邦乐曲中的丰富的感情”，而傅雷写的这份说明书同样热情洋溢，引人入胜，与傅聪的演奏可谓相得益彰。现把《乐曲说明》[①]全文迻录如下：

1.意大利十七世纪最重要的歌剧作家亚历山大·斯卡拉蒂（一六五九——一七二五），也是一个古钢琴曲的作家。这一首《托卡塔》的主题非常有力；处理的方式，运用的技巧，对每个变奏曲掌握，都别出心裁，有许多节奏与情绪的变化。

2.亚历山大的儿子，陶米尼谷·斯卡拉蒂（一六八五——一七五七）的古钢琴曲，一反当时法国乐派偏于华丽纤巧的风气，而重视对称；不但结构谨严，旋律

① 文中译名均依傅雷原译。

1956 年 9 月 27、28 日上海美琪电影院举行傅聪“莫扎特作品音乐会”，说明书中的《乐曲说明》也出自傅雷手笔

也更活泼生动，他在键盘乐方面的写作技术完全是创新的，首先发挥键盘乐器独特的个性，发明许多新的演奏技巧，从而丰富了表现的内容，这里的六首“朔拿大”各有不同的面目：或是轻盈活泼，或是妩媚多姿，或是光华鲜艳；便是在同一乐曲之内，也常常从天真佻达的游戏一变而为富于戏剧意味的口吻，证明他受到歌剧的影响。

3. 降B大调随想曲是巴哈（一六八五——一七五〇）的古钢琴曲中唯一的“标题音乐”。

第一段以恳挚婉转、絮絮叨叨的口吻，描写朋友的劝阻；第二段以比较严重的语气猜测旅中可能遭遇的不幸，作进一步的劝谏；劝谏无效，便进入第三段双方的哀泣——时而号恸，时而呜咽，有泣不成声的痛苦，有断断续续的对白与倾诉。最后在两人一致觉得无可奈何的、沉痛的叹息声中结束了第三段。当然，这些感情都是经过深自抑制而后流露的。

第四段是全曲情绪的转折点：先用一组和弦暗示双方的诀别，然后是上车与互道珍重的情境。接着听见马车夫的喇叭声（第五段）。他一边骑车一边拿乐器玩儿，有时好像吹走了音，有时好像吹不出音，调子始终轻快而诙谑:行人的悲欢离合,对他终日在旅途上过生活的人是完全不相干的。第六段是以模仿喇叭的曲调作成的“赋格曲”,仿佛描写登程以后路上的景色,掺杂着车子的颠簸和马蹄的声音。

送行惜别的情绪与马夫的快乐的情绪的对比,其实也是从两个角度看待人生的对比。愉快的终局还暗示作者希望征人归来,而且抱着必然会归来的信心。

4.“夏空”原是从墨西哥流入西班牙的一种犷野的舞曲,到了欧洲以后,却变成器乐乐曲的体裁,变奏曲的一种特殊形式:往往在低音部以一组连续进行的和弦为主题,作为全曲的骨干;高音部则绣出种种花色,形成一幅线条交错的画面。韩德尔(一六八五——一七五九)的这支“夏空”,兼有豪放、细腻、温婉、堂皇、轻盈等等的不同的意境。全曲气魄雄伟,一气呵成。

5.特布西(一八六四——一九一八)的序曲,写的是瞬息即逝的境界,与富有诗意的灵动画面;主要是用暗示的手法,给听众的想象力以一个自由舒展的天地。

《雾》——由音响构成的一片烟云,回旋缭绕,忽而在空中逗留了一会;几个不同的“调性”交融在一起,把旋律和幽灵式的幻境化为迷迷濛濛的景色。旋律还是想竭力挣扎出来。几道短促的闪光从雾中透出,好似灯塔的照射;闪光消逝了,整个气氛更显得飘忽不定。

《灌木林》——密林中间,地下发出浓烈的香味,赤红的泥土光彩夺目,蛱蝶在林中飞舞……这是一首亲切的田园诗。

《帆》——一条条的小船,泊在阳光照耀的港湾里。帆轻轻的在漂动……微风过处,小舟往天际浮去。夕阳西下,片片白帆在水波不惊的海面上翱翔。

《水中仙子》——要是你能看到她,她会像出水芙蓉般露出腰来,滴着水珠,那么迷人……要是你能在记忆中回想到她,她是那么温柔,那么娇媚,她会用喁语般的声音,说出水晶宫中的宝藏和她甜蜜的爱情。

6.这五首乐曲都以东蒙民歌为主题,但有些主题是经过作者加入变化处理的。其中有几首是以一个民歌构成,有些是以两个民歌构成的。

《悼歌》——采用东蒙民族《丁克尔扎布》的音调及体裁,运用独白与合唱相呼应的方式写成。

《思乡》——是一首对位化处理的抒情小曲。

《草原情歌》——描写草原上一对恋人的絮语。

《哀思》——对于遥远的爱人的怀念。

《舞曲》——有愉快的气氛,由慢而快;中段描写单独的舞蹈,与主要的集体舞蹈形象形成显明的对照。

7.B大调夜曲是肖邦（一八一〇——一八四九)最后写的两首夜曲之一，与早期同类作品的感伤情调完全不同;富于沉思默想的意味,亲切而温柔,但中间也有悲壮的段落;结尾时一声声的长叹。

8."玛茹加"所以成为肖邦最独特的创造,是因为它把民间的舞曲提炼为极精致的艺术品，以短小的体裁作为一种抒情写景、变化无穷的曲体。我们不妨说玛茹加是"诗中有舞,舞中有诗":肖邦把诗的意境寄托于舞蹈,把舞蹈的节奏化成了诗的节奏。作品五十之三,是肖邦少数大型玛茹加中的一首,主要表现对祖国的怀念；通篇都散放着玛茹加舞曲所特有的波兰的泥土味。濒于绝望的心境和悲愤的呼号,成为全曲的最高潮。

肖邦十五岁时制作的降B大调玛茹加，乡村舞蹈的气息特别浓厚，写出波兰农民的欢乐与奔放的热情。

9.在肖邦所作的三大波兰舞曲中,这一首是变化最多、情绪起伏最大的一首。虽然从头至尾都有波兰舞曲那种雄壮的节奏,但还是幻想曲的成分居多。他用了近乎"主导主题"的手法,和"半音阶进行",以时而悲欢、时而温柔、时而激昂慷慨的口吻,说出波兰民族数百年来多难的命运,顽强的斗争,善良的天性,对祖国的热爱;同时也有波兰风光的写照。整个作品是一首伟大的史诗。悲壮的胜利的结局,说明了肖邦坚信波兰民族是不朽的,必然有一天会获得解放的。因此,某些批评家以为这首乐曲表现出肖邦的双重面目:他一方面是个忧郁、痛苦、悲愤的人,一方面是波兰民族的先知。

有必要说明的是,文中之六所说的五首乐曲即出自桑桐之手,之八所说的《降 B 大调玛茹加[1]》是当时波兰肖邦学会刚刚发掘出来的。笔者之所以推崇这篇乐评,不仅因为它是首次披露,更因为它是如此生动形象又深入浅出,非优游出入于音乐和文学之间的高手无法为之。傅雷

① 现通译"玛祖卡"。

长期浸淫于博大精深的西方古典音乐天地,反复聆赏和领悟历代作曲大师的杰作,因此他的乐评处处闪烁着艺术的真知灼见和灵光华彩。如他对特布西[①]四首序曲的解说,音乐感受多么细腻敏锐,又多么幽远畅适。傅雷以自由舒展的想象力,将德彪西充满诗情画意的音乐境界幻化成飞扬灵动的画面,转换成诗一般的文学语言,简直是一种再创造。对肖邦和巴哈[②]的品评,也莫不如此,独具慧眼,时有神来之笔。这样优美的音乐评论,可以直追舒曼、罗曼·罗兰、萧伯纳等大手笔了。

三十年前,1966 年 9 月 3 日, 傅雷不堪红卫兵的凌辱,与夫人朱梅馥一起在其上海寓所自尽身亡。这是中国优秀知识分子用生命对文化大革命发出的最强烈惨痛的抗议。三十年后的今天,笔者向海内外读者推介傅雷这篇佚文,作为对这位人格高尚忠于知识和良心的译坛巨匠的一个纪念,同时提醒善良的人们,千万不要忘记文化大革命这次人类 20 世纪的大浩劫。

(原载 1996 年 9 月 4 日台北《联合报》副刊)

---

① 现通译“德彪西”。
② 现通译“巴赫”。

张爱玲说《毛毛雨》

五年前编订《张爱玲集·流言》[①]查考张爱玲第一部散文集《流言》[②]所收二十九篇作品的出处，只有《谈画》和《雨伞下》一长一短两篇不明最初发表于什么刊物。“张学”已如此发达，这个遗憾却一直延续至今。

疑问终于在日前得到了部分解答。南京大学肖进博士查明，原来精彩的《谈画》初刊于1944年《淮海月刊》7月革新版。据《淮海月刊》版权页所示，该刊由“淮海编译社”编辑，在沦陷区徐州和南京发行。

这期《淮海月刊》7月革新版其实是文学专号，也即“革新”成文学杂志。除了张爱玲的《谈画》，还刊登了胡兰成的散文《记南京》和《言之丑也》、路易士的《诗三

① 北京：十月文艺出版社，2006年版。
② 上海：五洲书报社，1994年发行。

章》[1]、沈启无的《纪行诗——断片》、林微[2]因的小说《酒后》、傅彦长的散文《谈牛羊狗猫》等等，他们都是在沦陷区活跃的作家。也因此，笔者怀疑这期革新版实为胡氏所编，因为只有胡氏能拿到张爱玲的大作，否则，张爱玲怎么会把《谈画》交给远离上海又在文坛毫无影响的《淮海月刊》发表？

胡氏《记南京》一篇，若不因人废言，平心而论，写得真不错。不过，这不是本文所拟讨论的。本文要论述并强调的是，《记南京》中引录了张爱玲的一则集外文！为了证明南京虽有"小街小巷"却没有上海的"弄堂房子"，两个城市情调完全不同，"上海的雨是人间的雨，南京的雨可是原始的"，《记南京》中突然插入了如下一段话：

> 张爱玲把《毛毛雨》译成英文，加以说明道：
>
> "我喜欢《毛毛雨》，因为它的简单的力量近于民歌，却又不是民歌——现代都市里的人来唱民歌是不自然，不对的。这里的一种特殊的空气是弄堂里的爱：下着雨，灰色水门汀的弄堂房子，小玻璃窗，微微

① 即《十二三》、《夜曲》和《梦回的视觉与听觉》。

② 误印作徽。

发出气味的什物；女孩从小襟里撕下印花绸布条来扎头发，代替缎带，走到弄堂口的小吃食店去买根冰棒来吮着……加在这阴郁龌龊的一切之上，有一种传统的，扭捏的东方美。多看两眼，你会觉得它像一块玉一般地完整的。”

这段话原本是不分段的，为醒目计，笔者把引号里的张爱玲的原话单列一段了。其中，有两处特别值得注意。一是张爱玲在1944年间把歌曲《毛毛雨》译成了英文，她为什么英译《毛毛雨》？译文后来发表了吗？发表在哪里？一系列的问题，有待进一步查考。二是张爱玲翻译《毛毛雨》时，为这首歌曲写下了一则说明，《记南京》文中所引当为这则说明的全文。文字、意境都是张爱玲式的，凡熟悉张爱玲作品风格的，都不会否认这则说明的主人就是张爱玲吧？这则说明完全应该视作张爱玲的集外文，暂且题之为《说〈毛毛雨〉》。

《毛毛雨》是什么歌曲，长期以来不是被斥为1930年代“靡靡之音”的代表作吗？先把《毛毛雨》歌词照录如下：

毛毛雨，下个不停；微微风，吹个不停；微风细雨柳青青，哎哟哟，柳青青。小亲亲，不要你的金；小亲亲，不要你的银；奴奴呀，只要你的心，哎哟哟，你的心。

毛毛雨，不要尽为难；微微风，不要尽麻烦；雨打风吹行路难，哎哟哟，行路难。年轻的郎，太阳刚出山；年轻的姐，荷花刚展瓣；莫等花残日落山，哎哟哟，日落山。

毛毛雨，打湿了尘埃；微微风，吹冷了情怀；雨息风停你要来，哎哟哟，你要来。心难耐等等也不来，意难挨再等也不来；又不忍埋怨我的爱，哎哟哟，我的爱。

毛毛雨，打得我泪满腮；微微风，吹得我不敢把头抬；狂风暴雨怎么安排，哎哟哟，怎么安排，莫不是生了病和灾？猛抬头，走进我的好人来，哎哟哟，好人来。

这分明是一首情歌，热烈缠绵、情真意切的情歌，结尾柳暗花明，回肠荡气。歌词之质朴流畅，朗朗上口，确实带有浓郁的民歌色彩。

《毛毛雨》出自大名鼎鼎的现代音乐家黎锦晖(1891—1967)之手，一般认为创作于 1927 年。但据 1927 年 7 月 16 日《申报》刊壁人所作报道《聆曲记》，“是夜，有李璎女士唱新曲，共唱三出，即《毛毛雨》、《寒衣曲》、《可怜的秋香》。歌声悠扬，婉转动听。”应可断定，最迟在 1927 年 7 月初，黎锦晖就已完成了《毛毛雨》。次年 1 月，百代、大中华唱片公司录制了黎锦晖之女黎明晖演唱的《毛毛雨》，此曲从此风靡一时。

黎锦晖是五四新文化运动的产儿。他致力于统一国语、编写新国语课本、编辑中国第一份儿童杂志《小朋友》和推广全国统一的教育标准等业绩，都可圈可点。黎锦晖更大的贡献是对中国现代音乐的推动，大致有四个方面：一、创办中国第一所培养歌舞人才的学校——中华歌舞专门学校，后又创办明月歌舞剧社；二、创作《麻雀与小孩》、《葡萄仙子》、《小小画家》等多部儿童歌舞剧，大力提倡儿童音乐教育；三、为中国早期电影谱写大量词曲均甚优美的插曲；四、以《毛毛雨》、《妹妹我爱你》和《桃花江》等为代表，成为中国现代都市流行歌曲创作第一人，正如美国学者安德鲁·琼斯所指出的：“黎锦晖在现代中国流行音乐史上是位巨匠级人物”，他“创造出既合乎现代又纯属中国的新音乐语汇”。

然而，黎锦晖对中国现代流行音乐的贡献长期以来被大大低估了，不但当时受到“左翼”音乐界的猛烈批评，后来音乐史家的评价也不高，《毛毛雨》更被斥为“黄色歌曲”

的代名词。当然，也有看重《毛毛雨》的，如“小亲亲，不要你的金；小亲亲，不要你的银；奴奴呀，只要你的心”这段歌句，就被教育家陶行知选入他所编写的《老少通千字课》中。

应该指出，鲁迅对《毛毛雨》也有所保留，但并没有全盘否定。他1934年11月1日致青年诗人窦隐夫函谈到中国新诗“没有节调，没有韵，它唱不来”时，笔锋一转，说“许多人也唱《毛毛雨》，但这是因为黎锦晖唱了的缘故，大家在唱黎锦晖所唱，并非唱新诗本身”。可见鲁迅一方面承认《毛毛雨》歌词的通俗性和可唱性，另一方面又指出《毛毛雨》的流行并非新诗的胜利，而只是黎锦晖个人的成功。一年以后，鲁迅在有名的《阿金》中，又把《毛毛雨》的歌声比喻为“绞死猫似的”，可见厌恶之程度，但这是针对一些表演者嗲声嗲气、矫揉造作演唱的批评，与上述评论并不矛盾。

对各种各样的批评，黎锦晖有过回应。他并不承认《毛毛雨》等是“黄色歌曲”，恰恰相反，他认为自己是尝试以大众化的情歌代替当时都市茶楼酒肆中的“粉色小曲”，才从事流行爱情歌曲的创作。他在1965年8月所作的《我和明月社》中回忆说：

> （1927年）我开始把大众音乐中的一部分民歌、曲艺和戏曲中过分猥亵的辞藻除去，用外国爱情歌曲的词意和古代爱情诗词写出了比较含蓄的爱情歌曲，如用旧的音乐形式写成的《毛毛雨》，新的音乐形式写成的《妹妹我爱你》、《落花流水》、《人面桃花》这类适合小市民口味的东西。当时还没有“黄色歌曲”的称谓，归入流行歌曲之内。虽然这些东西当时没有出版，但“歌专”的学生已经唱得很熟了。

黎锦晖的自我辩护是值得注意的。令人欣慰的是，近年来《毛毛雨》已得到了重新评估，《民国音乐史年谱（1912—1949）》称1927年“黎锦晖创作迎合市民口味的家庭歌曲《毛毛雨》、《妹妹我爱你》，并开始流行”，这是比较客观、公正的。

虽然张爱玲说过“我不大喜欢音乐。不知为什么，颜色和气味常常使我快乐，而一切的音乐都是悲哀的”，但她还是写下了《谈音乐》这篇颇为有趣的文章。此文末尾特别说到“中国的流行歌曲”。张爱玲认为，1940年代以前的流行歌曲，“因为大家有‘小妹妹’狂，歌星都把喉咙逼得尖而扁，无线电扩音机里的《桃花江》[①]听上去只是'价啊价，听价价叽价啊价……'外国人常常骇异地问中国女人的声音怎么是这样的"。她对当时流行歌曲唱法的批评，倒与鲁迅的观点有点不谋而合。张爱玲承认这种情形"现在好多了"，但还是提醒"中国的流行歌到底还是没有底子，仿佛是决定了新时代应当有新的歌，硬给凑了出来的"。

不过，《毛毛雨》显然不在此例。因为张爱玲把《毛毛雨》译成了英文，因为她明确表示"我喜欢《毛毛雨》"。在这则《说〈毛毛雨〉》中，张爱玲没有讨论《毛毛雨》如何演唱的问题。她说得很清楚，之所以喜欢《毛毛雨》，是在于它的清新自然，在于"它的简单的力量近于民歌，却又不是民歌"。也就是说《毛毛雨》是黎锦晖这样的音乐家从"民歌"中吸收、提炼、改编，然后创作而成的，属于适合现代都市市民口味的确确实实的"新的歌"，并不是硬凑出来的。张爱玲又借题发挥，巧妙地把《毛毛雨》与上海才有的弄堂文化相勾连，三言两语，就呈现出一种令人惆怅的上海弄堂雨景，渲染了"弄堂里的爱"，并且上升到"传统的，扭捏的东方美"的高度。没有在上海大小弄堂里生活过的人，恐

---

① 这首歌正是黎锦晖的作品。

怕是难以领会这种海上情调和独特意境的。

张爱玲对来自民间的各种各类艺术作品一直十分推崇，无论配色鲜艳的土布，还是气息健旺的年画，等等，概莫能外。张爱玲文章中不止一次提到“民间艺术”这个词，对民间艺术独有会心，她对歌曲《毛毛雨》的肯定，理应从这个角度去进一步认识和探讨。

从确认《谈画》最初出处到发掘《说〈毛毛雨〉》，对张爱玲研究文献学而言，《淮海月刊》的出现不可谓意义不大。但短短仅一百五十余字的《雨伞下》依然来历不明，期待有水落石出的一天。

（原载 2011 年 12 月 11 日《东方早报·上海书评》）

辑 二

我买到了萧友梅签名本

对像我这样的爱书人来说，收集签名本，特别是前辈名家的签名本，是人生一大乐趣。我所珍藏的签名本中，有友人割爱惠赠的，有从拍卖会上好不容易争得的，但绝大部分是跑旧书店、逛冷摊时于无意中得之的，所谓可遇而不可求，所谓有缘是也。

今年7月6日是个时阴时雨的星期天，我像往常一样去上海文庙旧书集市淘书，在一位似曾相识的旧书摊主那里搜得何其芳散文《星火集》[①]、丰子恺漫画集《儿童相》[②]、赵紫宸[③]散文集《系狱记》[④]和傅雷译文集《查第格》[⑤]四本

---

① 上海：群益出版社，1946年版。
② 上海：开明书店，1948年四版。
③ 宗教学家、新月派诗人陈梦家的岳父。
④ 上海：青年协会书局，1950年再版。
⑤ 北京：人民文学出版社，1958年第二次印刷。

书,收获已经不小,但更使我惊喜的是见到了萧友梅《普通乐学》签名本,尽管索价颇昂,考虑再三,还是毅然购下,成为我搜求签名本的最新收获。

这本书品完好的《普通乐学》为大三十二开精装,朱红漆布封面,封面和书脊所印书名及作者名烫金,封面且有以竖琴为中心图案的烫金花饰,商务印书馆1928年5月初版。在此书扉页右上角有如下的钢笔题字:

榆生先生指正　弟萧友梅谨赠　十九、十二、三

虽然相隔半个多世纪,字迹已有些褪色,但仍清晰可辨,书的《绪言》页空白处则钤有一小方篆体“龙氏”印。由此可以断定,此书是作者萧友梅1930年12月3日题赠龙榆生的。

萧友梅和龙榆生的名字,现今的读者可能会感到陌生。萧友梅(1894—1940)是20世纪我国音乐史上新音乐教育的奠基人,又是我国最早掌握西洋近代作曲理论进行音乐创作的爱国作曲家之一。他早年留学日本和德国,1920年代末在蔡元培支持下创办我国第一所音乐学院。萧友梅著述甚丰,这本简明扼要的《普通乐学》就是他为

榆生先生 指正

高級中學適用

普通樂學

蕭友梅著

弟蕭友梅謹贈 十九.十二.三

商務印書館發行

D024423

萧友梅著《普通乐学》,1928 年 5 月上海商务印书馆初版扉页,为作者题赠龙榆生的签名本

当时的高中和大学一年级学生编写的乐理教材。我们以前只知道聂耳、冼星海，却不知道萧友梅和黄自[①]的大名，这是片面的、不公平的。

龙榆生(1902—1966)也非等闲之辈，他是词学大家，编著的《词学概论》、《唐宋名家词选》都是公认的权威著作，至今仍在不断重印。他对中国民族音乐也有很深的造诣，1930年代曾在上海音乐专科学校执教。萧友梅与他订交，以书会友，也就在情理之中了。

《普通乐学》既为龙榆生的旧藏，何以今日会流落到旧书摊上呢？龙榆生1950年代任上海音乐学院民乐系教授，1957年被打成右派后生活窘迫，藏书陆续散出是可以想见的。但这本书在我得到之前，很可能有一个曲折的过程，或许还会有一个动人的故事？它在引诱我去作进一步的探寻，在启发我的想象。如此看来，觅到一本珍贵的签名本，不仅可以满足爱书人的收藏欲，更可以从中获得一些文化的信息，窥见若干时代的眉目，实在是很有意义的事。

(原载1997年7月28日《深圳特区报·读书》)

---

① 另一位现代重要音乐家。

《贝多芬传》初版本

《贝多芬传》一册，小三十二开本，罗曼·罗兰著，傅雷译，1946 年 4 月上海骆驼书店初版，半年前自华东师大后门枣阳路旧书摊检得。书品完好，封面和扉页钤有不止一人的藏书印，辗转流传的情景可以想见。版权页左上角有一番话颇堪玩味：

> 本书初版三千零七部。内二千九百七十部用普通西报纸印，三十部用重磅毛道林印，三部用三层裱玉版笺印，五部用上等加拿大报纸印。

傅雷历来喜欢在其译作出版时加印少量特制本以分赠亲朋好友。初版《夏洛外传》就用"毛道林"纸印了一百本精装本，编号一至五十本为非卖品。平明出版社版《约翰·克利斯朵夫》也印过圣经纸本和精装本，巴尔扎克小说则用进口纸印过法国式的毛边本。傅雷对贝多芬其人其乐又极为推崇，早在1933年就翻译了贝多芬致弟弟卡尔和约翰的《遗书》[①]，《贝多芬传》更是其披阅十载的精心翻译之作。因此，初版问世，除印行普通的西报纸本外，再加印三种特制本，也就在情理之中了。我所得的这册不消说只是普通的西报纸本，尽管已十分难得。不知为数极少的这些精印特制本后来归谁所有，经过半个世纪的风风雨雨还有幸存在天壤间否。

现代不少作家对作品的版式和装帧有自己的追求，鲁迅中意的是毛边本，曾自称“毛边党”，刘半农、徐志摩、俞平伯、卞之琳等印过线装的新诗集，冯至《十四行集》初版也有用“上等重纸”和“浏阳纸”印的编号本（前者是非卖品），傅雷看重各种特制本，体现的都是真正爱书人的情趣和文化品位。而且，他们都不以牟利为目的，这与当前某些人滥印豪华本和编号本哗众取宠不可同日而语，前辈风范，不禁令人心向往之。

（原载1996年6月29日《文汇报·圆明园》）

---

① 《文艺春秋》，1933年12月第一卷第六期。

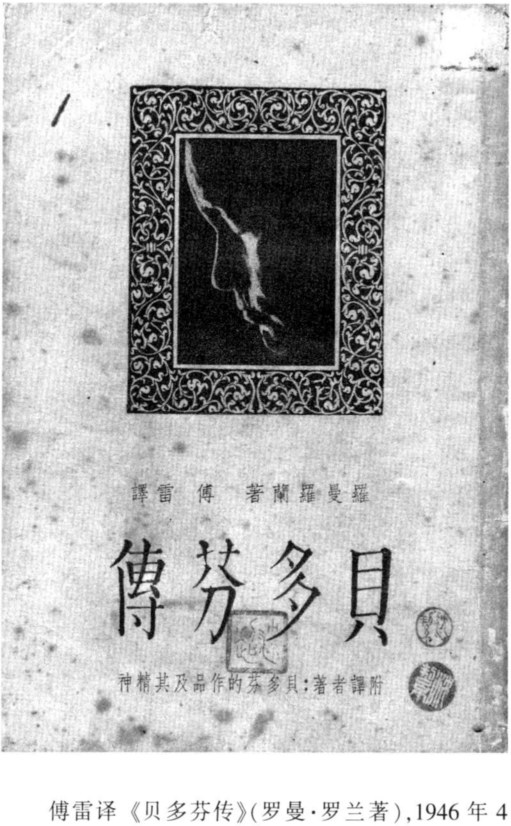

傅雷译《贝多芬传》(罗曼·罗兰著),1946 年 4 月上海骆驼书店初版,普通西报纸本

闪亮的生命

——读台湾出版的莫扎特逝世两百周年纪念特刊

虽说早在读高中时就喜欢古典音乐，但那时亲近的是贝多芬与柴可夫斯基（当然只能冒着风险偷偷地欣赏唱片，须知那是个只准收听《红灯记》和《智取威虎山》的颠倒黑白的年代）。迷上莫扎特还是近几年的事，却已几乎到了狂热的程度。因此，当不久前得到"台湾历史月刊社"寄赠的为纪念莫扎特逝世两百周年而出版的特刊《闪亮的生命——阿玛迪斯·莫扎特》时，我的欣喜就可想而知了。

这是一本十六开本一百二十余页的彩色图文集，内容之丰富，印制之精美，编排之独具匠心，使既爱书又爱莫扎特的我爱不释手。书中以介绍莫扎特的故居为引子，评述了莫扎特短促而又多姿多彩的一生，探讨了莫扎特的神秘死亡，并以《草地上的精灵——莫扎特音乐数来宝》为题，对莫扎特各个时期的名曲作了生动有趣、深入浅出的推荐，书中还附有古今著名作曲家、演奏家、演唱家和文学家颂赞莫扎特言论摘编以及一份详尽的莫扎特年表，更值得称道的是书中各文均配有珍贵的插图，从莫扎特本人到他同时代音乐家的画像，他的乐谱手稿和各式签名，还有“音乐之都”维也纳美轮美奂的宫廷建筑和音乐殿堂，图文并茂，争奇斗艳，越发引人入胜。一卷在手，读者自然会对这位欧洲古典音乐的旷世奇才产生莫大的敬意。

欧洲浪漫派音乐大师舒伯特称莫扎特以自己的音乐“另外为我们刻画了一个更美好的世界”。的确，莫扎特的音乐得天地之钟，旋律纯朴优美，组织洗练细致，澄澈剔透，清新可爱。它们所反映的正是中国先哲所谓的“花枝春满，天心月圆”的崇高境界，因而令人百听不厌。莫扎特的心灵是高贵纯洁的，他永远以乐观的心情应对残酷的现实，以不断的创造征服深重的苦难，以永远的天使般的温柔去抚慰别人，引导别人，给人以无穷的美感和无限的信心。试听他在去世前不久创作的《第二十七钢琴协奏曲》和未完成的《安魂曲》，你该受到怎样的震撼和启迪，难怪有人把莫扎特与贝多芬相提并论，甚至认为他的境界比贝多芬更高。

如果说去年是“柴可夫斯基年”，那么今年无疑是“莫扎特年”。读一读这本《闪亮的生命》中开列的今年欧洲各国纪念莫扎特的音乐节目表，世界各大著名乐团和指挥家几乎倾巢出动，真是洋洋大观，叹为观止，据说价值数万的莫扎特音乐全集唱片也已在欧美和日本推出了好几种。而今海峡彼岸的莫扎特爱好者也不失时机地出版了这本华美厚实的纪念集，不让洋人专美于前，因为他们认识到莫扎特是属于全人类的，他的音乐是人类宝贵的文化遗产。遗憾的是，我们这边好像还没有什么动静，实在有急起直追的必要。在流行音乐充斥舞台歌榭的今天，我不禁要大声呼吁：请不要忘了莫扎特，年轻的朋友们，也来听一听莫扎特吧！

（原载1991年7月5日成都《读书人报》第九期）

对莫扎特的新阐释

莫扎特在欧洲文化史上占有突出的位置，这不仅指他是百年不遇的“音乐神童”，不仅指他在音乐创作史上无可替代的地位——贝多芬要拜他为师，柴可夫斯基和马勒都把他奉若神明，也指他在思想史上的重大影响，例如他对存在主义哲学先驱克尔凯郭尔(Kierkegaard)所起的作用。大物理学家爱因斯坦甚至说过：生命结束，那就意味着再也听不到莫扎特的音乐了。但是，长期以来，国内音乐界和文化界对莫扎特的介绍评论远远不及贝多芬，除了翻译大师傅雷1950年代写的《独一无二的莫扎特》等几篇有分量的论文以及1980年代初出的一本薄薄的传记《莫扎特》[①]外，几乎见不到别的有价值的文字。这种不正常的状

① 美国玛西娅·达文波特著，孙强译，天津人民出版社，1982年版。

况,终于在最近得到了改变。

首先,是《莫扎特:音乐的神性与超验的踪迹》一书的面世。此书被列为“基督教学术研究文库”之一,1996 年 8 月由上海三联书店初版。刘小枫博士主编的这套“基督教学术研究文库” 已在海内外宗教研究界和文化界大获好评, 而今文库收入这本致力说明莫扎特音乐与基督教神学关系的学术著作,无疑是一个慧眼独具的选择。书中提供了两份篇幅虽然不长却是研究莫扎特的重要现代文献,其一是现代基督教神学泰斗卡尔·巴特在莫扎特诞辰两百周年时写的《我与莫扎特》、《论莫扎特的自由》等四篇蕴含深长的随笔; 其二是现代天主教神学最有影响的思想家汉斯·昆在莫扎特忌辰两百周年时写的两篇具有相当学术性的研究论文《超验的踪迹——对莫扎特音乐的体验》和《人民的鸦片? ——对莫扎特的〈加冕弥撒曲〉的神学思考》。把这两部经典之作对照研读, 可以清楚地看到两位 20 世纪影响巨大的神学思想家是如何以自己的思想诠释莫扎特的;同时,也能较真切地把握莫扎特音乐的影响及其在神学中的深刻反映。神学家对莫扎特的景仰,对莫扎特音乐的沉思,实在令人叹为观止。

其次,是厚达四十余万字的《莫扎特之魂》,赵鑫珊、周玉明合著,1996年12月上海音乐出版社初版。此书的重要价值在于它是国内第一部全面、完整、多视角地论述莫扎特其人其乐的巨著。两位作者都是“莫扎特迷”,多年来一直对莫扎特情有独钟。作者之一的赵鑫珊一生最大的遗憾是不能用钢琴把莫扎特所有的乐曲全部弹下来,于是只好在稿子上写下一个个汉字,把汉字看成是黑白琴键的代用品,从而产生了这部填补空白的《莫扎特之魂》。诸如莫扎特音乐的美、音乐的深刻性和征服古今中外听众的最大秘诀在哪里?莫扎特的喷涌如泉的美妙乐思,浩瀚似海的众多作品与哲学、文学、宗教,与地理、建筑以及与人生、爱情都有什么关联?莫扎特音乐中所体现的欧陆文化又与东方文化(如中国的唐诗宋词)有着怎样的内在审美瓜葛?现代人又该如何来理解和欣赏莫扎特的音乐?对这些音乐和文化课题,书中都有具体而独到的透视、感悟和解答。全书形式的新颖,文笔的璀璨,熔东西方文化于一炉,糅哲理与诗趣于一体,更增加了它的可读性。“中国人对莫扎特音乐有一种特别的亲近感”,读这本《莫扎特之魂》可以信矣。

新春伊始,在莫扎特的“天鹅之歌”——《A大调单簧管协奏曲》澄明柔美的乐曲中翻读《莫扎特:音乐的神性与超验的踪迹》和《莫扎特之魂》两书，比较东西方学者对莫扎特的新阐释，真是一次难得的富于启示的文化之旅。

（原载1997年2月24日香港《星岛日报·书局街》）

激动，为什么激动

刚刚过去的1999年，出版界热闹非凡，好戏连台，《十作家批判书》搅得京沪文坛不得安宁，《逆风飞飏》使向往“成功”的普罗大众兴奋莫名，《上海宝贝》则向世人展示了“新新人类”作家的大胆想象，大概都有可能在1990年代文化史册中记上一笔。但是，使广大读者，从都市白领到穷乡知青，不约而同持续激动的却是各种形式的爱乐书刊接连问世，不断走俏。

虽说六年前《爱乐》杂志的创刊已明确标志古典音乐热的再度升温，作家李杭育改弦更张，漂亮地抛出的《唱片经典》也已一版再版，但在去年一年之内，竟有那么多的出版社，那么多的爱乐作者，突然对出版音乐书刊倾注了前所未有的热情，从而形成一道亮丽的“世纪末”文化景观，真的是令人大出意料。连美国哈佛大学教授，也是古典音乐发烧友的李欧梵都注意到了中国内地的这个文化现象,感慨地说:“在美国,像我这样的古典音乐迷越来越少,也越来越老,然而在中国,我的感觉是这种人越来越多。”

享誉全球的古典音乐权威大书《企鹅激光唱片指南》在千呼万唤之后,终于有了中文全译本,填补了音乐书刊出版上的一项大空白。想想全书长达五百余万字,足足有两块砖头那么厚重,就不能不使人对译者的辛劳表示由衷的敬意。《指南》的重要价值不在单纯介绍从古至今,各国历代作曲家及其作品,而在着重分析乐曲特色,评论各种演绎,诠释其高下优劣,同时对唱片的音响效果也给予适度的关注。叙说的细致详尽,文笔的优美活泼,见解的精湛独到,更增加了《指南》的可读性。爱乐者在翻读之余,感受到了《指南》不仅是一部聆赏古典音乐的“必读曲目”,更是一部追溯西方音乐文化史的上佳读物。当然,熟稔英文的乐迷还是会青睐原版《指南》,不过,用母语表达的这部“音乐大考”让真正的古典音乐迷爱不释手,已是不争的事实。

差不多与《指南》同时面世的,又有印制精美,颇合白领阶层口味的《爱乐——CD经典》。此书博采欧美日本著名乐评杂志之众长，糅以编写者一己之赏乐心得，侧重比较古典名曲的各种 CD 版本，加上缤纷艳丽的 CD 封套彩照的视觉冲击力，对初涉古典音乐大海的爱好者无疑是物有所值的导聆。与《指南》和《爱乐》鼎足而立，相映成趣的还有《音乐圣经》增订本上卷，增订本是对七年前初版即风行一时的《音乐圣经》简装本的大增补、大扩充，对歌剧剧情的评介尤其引人入胜。作家余华认为此书凝聚了作者十多年的心血和真知灼见，除了显而易见是一本好工具书之外，还暗示了“另一本书的存在，一本与音乐并存的书，一本关于人生的书”。只是下卷迟迟未见踪影，让乐迷圆梦要跨世纪了。

同样属于工具书性质，同样即使是一个对音乐毫无兴趣的人也可能被它所吸引，薄薄的《音乐手册》散发着的是另一种艺术和学术的魅力。此书书名再平实不过，内容却很不简单，别出心裁地把音乐家的生卒时日及代表作品首演时日、地点等等，用精确的考证、简要的语言编辑在册，不能不承认是一种可喜的尝试，正如编者所揭示的：“这是一册每天都可以翻一翻的书，尤其在你生命中重要的日子里，一个非凡的天才，一部伟大的作品，竟会在同一天诞生，你如果视音乐如生命，你会有怎样的感觉？”会有怎样的感觉，相信查阅《音乐手册》的每个读者一定都不一样，但不会没有感觉，不会不产生对古典音乐的更大的兴趣、更深的爱好。不消说，装帧的典雅，插图的独具匠心，也是此书广受欢迎的一个原因。

古典音乐是人类数百年精神活动的结晶，心灵跋涉的记录，因此，对待古典音乐大致有三种方式：心灵感应的、音乐技艺的以及心灵感应与音乐技艺融为一体的。对广大非专业的爱乐者来说，心灵感应显然最为迫切，也最为受益。这就需要深刻而不是肤浅的，生动而不是呆板的，对音乐的文化蕴含融会贯通而不是单纯解说乐理、炫耀技艺的乐评文字来点拨，来帮助体悟音乐中的真纯和绝美。过去一年中，《罗曼·罗兰音乐散文集》、《辛丰年音乐笔记》、《音乐心情》和《音乐气质》、《有心如歌——席慕德谈歌艺》等中外台湾乐评大家名家新著的推出，固然使读者应接不暇，也正是这方面的可贵努力。无论是以《约翰·克利斯朵夫》影响了整整两代中国知识分子的罗曼·罗兰，还是多次在中国台湾文坛获奖的庄裕安，无论是已经年逾八旬，在中外乐评家中可算“异数”的辛丰年，还是数十年如一日竭力促进歌唱事业的席慕德，他们对古典音乐的良好趣味、卓越乐识和真挚情感，在这些书中可谓表露无遗，令人感动，启人深思。《激动，为什么激动——古典音乐赞美诗》一书的作者尽管名不见经传，但书中向读者坦陈的一段又一段美好而又崇高的爱乐历程，所揭示的对精致艺术的钦敬和皈依个性自由的思想见解，大有让读者兴起如步入教堂，听到管风琴轰鸣时才会产生的明朗、圣洁与感恩之情。

毋庸讳言，当今的古典音乐爱好者中有不少是由于工作的压力、生活节奏的骤然加快而希冀精神片刻休憩的，也有相当部分是追求一种生活方式的精致和时髦的，已故中国台湾乐评家张继高十五年前就预言的“雅痞”时代的来临，其中就有一个条件：“大部分雅痞都知道一点古典音乐，但皮相之至，因为他们没有时间，也缺乏定力去深入。像维瓦尔第的《四季》，一点点歌剧选曲（当然必有帕瓦罗蒂啦），是免不了的。”这种情景目前正在内地重现，心灵感应对这些爱乐者而言，也许已成为次要的了。然而，既然已经为古典音乐而激动，且不管激动程度如何，毕竟是一件好事。从这个意义上说，众多爱乐书刊也许会对读者产生潜移默化的良好作用，引领他们去真正经历巴赫的庄严、海顿的乐天、莫扎特的温情、贝多芬的壮丽、舒伯特的哀愁、肖邦的沉思、柴可夫斯基的忧郁、德沃夏克的鲜明……

（原载2000年《创意》第一期）

不断延伸的音乐子午线

我与陈永明先生仅一面之缘。

八年前,我应香港中文大学英语系的邀请,到港访学三个月。返沪前夕,中大中文系的卢玮銮(小思)先生在沙田的一家酒楼为我饯行,同席还有我所尊敬的黄继持先生。巧得很,领座就是陈永明先生,承卢玮銮先生介绍而得以结识。陈先生快人快语,我们一见如故,可惜饭后匆匆分手,未及深谈请益。

返沪不久,从报上得知,陈先生在香港商务印书馆出版了一本《音乐子午线》。我对西洋古典音乐情有独钟,虽然还算不上追求音响效果和大师名盘的"发烧友",但也到过一日不聆赏就为之不快的程度,爱屋及乌,对以优美的文笔阐释古典音乐的散文集也一直留意搜集。承他厚爱,寄赠一册,拜读之后,颇感钦佩。堂堂美国耶鲁大学的哲学硕士，威斯康星大学东亚研究系的博士，香港浸会大学中文系的主任，对古典音乐竟如此热爱，对谈论自己对古典音乐的认知竟如此乐此不疲，连音乐界的专业人士恐怕都要感到意外和汗颜呢。

后来，我又得知，陈先生还写过一本《哲学子午线》，与《音乐子午线》堪称姐妹篇。这两个书名比较别致，其实是有深意的。子午线者，是指透过世界上某一点，再经过南北两极绕地球一圈，把地球一分为二的假想线。陈先生以“子午线”为书名，主要就是指专业和非专业。

陈先生认为，专业和非专业之间不必壁垒森严，楚河汉界。向圈外人介绍专业，未必一定没有学术价值，低贬了学者专家的身价；不是行内人所说的，亦不见得就只是道听途说，市井之言，不值识者一哂。他的《哲学子午线》和《音乐子午线》，就是希望打破这个藩篱，接通这两个不同的世界。陈先生是攻哲学的，《哲学子午线》就试图从哲学专业之内，走到外面和普通读者讨论关于哲学的种种话题；陈先生又是古典音乐迷，《音乐子午线》就以行外人的身份向读者包括专业人士陈述他对音乐的了解、欣赏和感受。

《音乐子午线》获得了意想不到的成功。香港中文大学音乐系主任陈永华博士称赞此书能给广大喜爱音乐及从未听过古典音乐的读者带来很多样的趣味，同时也会给音乐界的专业人士带来一些会心的微笑。于是,陈先生信心倍增,再接再厉,把他的音乐子午线继续延伸,又写出了这部情趣更为盎然的《在五线谱边缘》[1]。与《音乐子午线》相比,这部新著在内容上更为丰富,蕴含上更为厚实。轻松活泼的文字,深入浅出的解说,真挚的悲悯情怀,生动的乐人乐事,以及稀见的文献资料,共同构成了这部别具一格的音乐“情话”。

我在评说台湾庄裕安先生的赏乐文字时提出了“音乐散文”的概念,引起了散文评论界和音乐评论界的注意。所谓“音乐散文”,我想至少应该包括两个方面:第一,当然应该是好的散文,知性和感性相融合的,文字引人入胜的;第二,应该是对音乐有个人体验,有真知灼见,不卖弄名词术语而实实在在深入到音乐的精髓。两者缺一不可,否则,只能是哗众取宠而已。同样是音乐散文，美国的李欧梵，中国台湾的吕正惠和中国香港的刘靖之，中国内地的辛丰年,风格迥然各异,却都能给人愉悦,发人深省。

① 原名《五线谱边缘的踯躅》。

“乐行而志清，礼修而行成”，沉浸在美好的音乐之中，沉浸在美好的音乐散文之中，确实是世界上最开心的事情。我想，陈先生还会继续在五线谱边缘踯躅，陈先生的音乐子午线还会不断地延伸……

(原载 2001 年 2 月 3 日《新民晚报·夜光杯》)

傅聪望七了

时间真快，傅聪先生已经七十岁了。回想当年他在波兰华沙第五届国际肖邦钢琴比赛上获奖，还是翩翩美少年，转眼间已是“人生七十古来稀”的老人了。当然他仍活跃在国际钢琴舞台上，老当益壮。今日刘翔在奥运会上夺得跨栏金牌，被誉为破天荒的大事，其实，当年傅聪摘取肖邦“玛祖卡”最优奖，又何尝不是中国艺术家扬眉吐气的大事？半个世纪来，中国内地沧海变桑田，傅聪的父母亲，大翻译家傅雷夫妇已在三十八年前含冤饮恨离开人世。最近有友人见告，1957年把傅雷打成大右派时，上海作家协会秉承上级的旨意，接连开会，轮番轰炸批判傅雷，要迫使傅雷低头认罪。傅雷就是坚持己见，不肯屈服，他始终不承认是“党培养了傅聪”，“傅聪明明是我培养的，是我严加管教教育出来的，凭什么说是党培养的”，诚哉斯言，勇哉斯言!

天津社会科学院出版社于2004年11月出版了《傅聪:望七了!》一书。书中收录新时期以来,傅聪接受海内外媒体采访的谈话录十七篇,包括了《师今人,师古人,师造化》、《心甘情愿做音乐的奴隶》、《我的成功就在不成功》等篇;傅聪在中央音乐学院和上海音乐学院的讲课录七篇,包括了对海顿、莫扎特、贝多芬、舒伯特、肖邦、德彪西等西方钢琴伟大作曲家的独到诠释。书前又有诺贝尔文学奖得主、德国作家赫尔曼·黑塞称傅聪的钢琴演奏"是一个奇迹"、"好得令人难以置信"的《致一位音乐家》,书后则附录劫后幸存的傅聪五六十年代家书六通和陈广琛作《文人的傲骨与生命的悲情》等。全书图文并茂,琳琅满目,美不胜收。

傅雷当年写给傅聪的几百封家书曾经影响了内地整整一代人,内地许多读者至今仍在捧读《傅雷家书》,从中汲取教益。然而,《傅雷家书》中的傅聪早已渐行渐远,卓然自成一"家"了。但他从未或忘父亲早年的教诲:先做人,其次做艺术家,再次做音乐家,最后做钢琴家;在用钢琴语言表现音乐、聆悟音乐中寻找人的基本价值,寻求人的尊严……可以毫不夸张地说,贯穿整部《傅聪:望七了!》也就是这样一条鲜明的红线。譬如，傅聪对莫扎特的理解就独具慧眼，耐人寻味："莫扎特的音乐是那么的亲切，那么的平易近人，可是它里头有无限的想象，充满了诗意。所以我说莫扎特是'中国的'，他跟中国人的文化有一种内在的联系，中国人应该更懂得莫扎特。"

然而，不是没有遗憾。1968 年 3 月，香港《明报月刊》刊出时任《明报》驻英记者，后来创办《信报》，成为"香港第一健笔"的林山木（林行止）访问傅聪的谈话录，这很可能也是海外中文媒体第一篇傅聪访谈录，这篇在"文革"狂潮中发表的谈话录清楚地显示了傅聪对"文革"的控诉，对父母生死未卜的担忧和对中国优秀文化受到空前摧残的愤懑，还附有傅雷最后的家书，为什么没有收入《傅聪：望七了！》呢？真是可惜了。

（原载 2004 年 12 月 9 日香港《明报·读书版》）

走近施波尔

昔日读香港著名学者、作家林以亮先生的散文集《昨日今日》[①],对他早年的一组小品《细沙》很感兴趣,其中有一则《属于》,最后说:“不管我的主人是音乐、图画或是诗歌,我总是毫无理由地、轮流地,而且心甘情愿地做他们的奴隶。例如现在,我死心塌地地属于史博的音乐,马龙收藏的搪瓷,还有魏尼哀收藏里的魏代石像。”林先生对古典音乐有很深的造诣,但他年轻时钟情的竟然不是贝多芬,也不是柴可夫斯基,就像当时其他许多文学、文化界的古典音乐爱好者那样,而是“史博”,这真有点出乎我的意料。“史博”是谁?名不见经传,由于是译名,我竟一时查不出他是何方神圣。

---

① 台北:皇冠出版社,1981 年版。

后来我发现林先生这组《细沙》原载傅雷、周熙良先生合编的综合性半月刊《新语》1945年11月17日第四期，这个困惑我很久的谜才解开。原来《细沙》中的这则《属于》最初发表时，文中的“史博”用的是德文原文Spohr，“史博”即Spohr是也，今译施波尔。我于是想起我其实是听过施波尔的作品的，那是前几年中央人民广播电台立体声节目中播放的《第八小提琴协奏曲》。这是施波尔的代表作之一，舒展流畅，富于歌唱性。可我一直没能找到此曲的唱片，惊鸿一瞥，使我至今怀念不已。

施波尔(Louis Spohr，1784—1859)，是欧洲浪漫主义兴盛时期的德国小提琴家、作曲家和指挥家。他在当时声名显赫，演奏小提琴技艺超群，又是最早使用指挥棒的乐队指挥之一。他作有大量交响乐和歌剧，不过，影响最大的还是他的小提琴协奏曲和室内乐。《牛津简明音乐辞典》列有他的专条，保·朗多尔米的《西方音乐史》称他是“伟大的小提琴演奏家”，“他的《浮士德》为韦伯开辟了道路”。但保罗·亨利·朗格的《十九世纪西方音乐文化史》对他评价不高，认为他是音乐的浪漫主义的“二等人物”，“很少表现出真正浪漫主义者那种诗意的格调和热诚的信念”。音乐史专家见仁见智本在情理之中，事实上进入20世纪之后，施波尔逐渐从古典音乐乐坛淡出,人们很少再听他的作品。

林以亮先生喜爱施波尔可说是个异数。可惜林先生已于去年12月谢世,我无法再向他请教,他当年是如何听到并迷上施波尔的。到了近几年,施波尔又重新受到关注,不少有名的音乐家和乐团对演奏施波尔的作品表现了越来越大的热情,戛纳古典音乐奖评委会主席大卫·赫威茨就认为后来居上的NAXOS接连推出施波尔作品是在选择古典曲目方面“富于想象力”,值得称道。

我现在所收藏的施波尔作品的CD共三款[①],有两款就是NAXOS的产品,分别为《第二和第四单簧管协奏曲》、《钢琴三重奏OP.119》和《钢琴五重奏OP.130》,另外一款则是大名鼎鼎的圣马丁室内乐团演奏的《九重奏OP.31》和《八重奏OP.32》。施波尔当然没有莫扎特的明净和贝多芬的雄浑,与浪漫派大师舒伯特、门德尔松、舒曼等相比,可能也稍逊一筹,但施波尔自有其显著的特色,《九重奏》是施波尔最著名的作品,旋律优美,配器曼妙,长笛、双簧管、单簧管、圆号、大管、小提琴、中提琴、大提琴和低音提琴互相应答追逐,如怨如泣如诉,给人以无穷的遐思。

---

① 文中提到的三款CD编号分别为NAXOS 8.550689、NAXOS 8.553206和PHILIPS 438017-2。

德国作曲家施波尔交响曲 CD

德国作曲家施波尔弦乐五重奏 CD

两首《单簧管协奏曲》是同类曲目中受欢迎的保留曲目,情绪饱满,光彩夺目,单簧管独奏圆润澄明,同样颇为感人。由于我对室内乐的偏爱,我最喜欢的还是哈特莱三重奏团演奏的《钢琴三重奏》,演绎精湛,音色清亮,十分悦耳动听。

对待古典音乐,我历来所持的态度是不片面追求名家,不过分强调不同版本的比较,而是注重不同历史时期不同风格流派作曲家作品的收集和聆赏,凡是没有听过的,都有兴趣听一听,尤其是那些比较冷僻的作曲家和伟大作曲家不大为人注意的作品。为了弄清楚林以亮先生迷恋的“史博”是谁,我也逐渐走近了施波尔。我不敢说我已理解施波尔,但在聆听施波尔时感到别有韵味,我想这就够了。

(原载1997年9月《现代音响技术》9月号)

赏乐日记三则

“穿越巴洛克”

2012年2月21日，阴雨。下午孔明珠来，邀为其新著《亲爱的咪咪噜》作序。予岂好序者，但同为天涯爱猫人，即允之。

傍晚至上海音乐厅，参加“文化人品音乐”沙龙，见贺圣遂、郑辛遥诸公。登台献丑，略说“我与古典音乐”。继而聆赏英国70后小提琴家丹尼尔·霍普“穿越巴洛克”音乐会。霍普才华横溢，被誉为“继杜普蕾之后英国最出色的弦乐演奏家”。他的演奏激情四射，小乐队配合默契，介绍的巴洛克作曲家半数以上未曾闻知。他又亲和，每曲奏前必作生动讲解，颇收画龙点睛之效。解说脍炙人口的爱情民谣《绿袖子》，与节目单所示大相径庭，令人莞尔。

中场休息遇马振骋先生，他原来也是古典音乐迷。巴洛克音乐真是美妙，穿越时空、国别和语言的隔阂，令听众与古人亲近，心灵相契。

胡梅尔故居

2012年11月29日，阴转多云。在斯洛伐克布拉迪斯拉发考门斯基大学讲课顺利结束。因对古典音乐心向往之，下午即去寻宝。

先至考大附近的“斯洛伐克音乐”小店。店堂里一位一望即知是懂音乐的老太太端坐办公桌前。她向我热情推荐斯洛伐克当代音乐。那些作曲家我一无所知，不敢贸然问津，只挑选了莫扎特、胡梅尔、施波尔三款CD。老太太不厌其烦，让我一一试听。最后不仅给我打折，还赠我一枚圣诞音乐CD。她说儿子在学中文，她也想学，不知年龄大了能否学会。

我其实是想觅购胡梅尔(J.N.Hummrl，1778—1837)的CD，但此店仅见两种。老太太说旧城区还有一家“胡梅尔音乐”店，应有不少胡梅尔。于是立即直奔该店。这是一个店面也不大却陈设雅致的古典音乐世界，果然有“胡梅尔专柜”。同样只有一位营业员，虽年轻，对古典音乐也在行。当他告诉我们，走出一扇门，就是胡梅尔故居时，我惊讶得

斯洛伐克首都布拉迪斯拉发市内作曲家胡梅尔故居外景

斯洛伐克首都布拉迪斯拉发市内作曲家胡梅尔故居内景

几乎说不出话来。

我在《音乐爱好者》中知道胡梅尔,听了随刊附赠的他两部优美的钢琴协奏曲，大为心折。我一直误以为这位18、19世纪之交的作曲家是捷克人,没想到他是斯洛伐克人,就诞生在店后小园一座文艺复兴风格的二层小楼里。胡梅尔逝世百周年时在此设立纪念馆，向后人展示他的青少年时代。

花了3.30欧元,穿过静谧的小园,拾级而上,我进入了胡梅尔故居。当熟悉的《A小调钢琴协奏曲》声响起,我看到了胡梅尔弹奏过的一架三角钢琴和两架小型立式钢琴，看到了展柜里陈列的他的部分手稿和他生前出版的乐谱，还有他老师莫扎特的钢琴谱等。故居至今保存完好,外墙也粉饰一新。胡梅尔1786年由此迁居维也纳,他在那里师从海顿、莫扎特和萨列里。莫扎特很喜欢他,主持了他的钢琴首演。

约自1980年代起,胡梅尔被重新发现。音乐史家现在承认他是承上启下的人物。同时代的贝多芬器重他,后来的肖邦受他影响,可惜他的名声远不如莫扎特、贝多芬和肖邦。我翻看厚厚的留言簿,无一位中国人留言,于是钢笔一挥，用中文写下:“向我尊敬的古典音乐家胡梅尔致

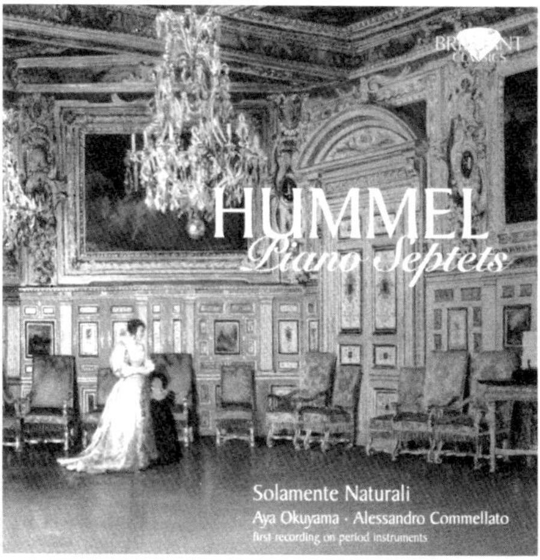

斯洛伐克作曲家胡梅尔钢琴七重奏 CD

斯洛伐克作曲家胡梅尔钢琴协奏曲 CD

敬,我是他的忠实听众。”

春天之曲

2014年2月25日，雨。发微博:“今天上海春雨绵绵,忽然想到古典音乐中写春天的乐曲还真不少,计有:维瓦尔第《四季》中的《春》,莫扎特的短歌《渴望春天》,贝多芬小提琴奏鸣曲《春天》、门德尔松钢琴《无词歌》中的《春之歌》、舒曼《第一(春天)交响曲》、施特劳斯《春之声》圆舞曲,布里顿声乐和乐队《春天交响曲》。”这难免挂一漏万,博友马上补遗:斯特拉文斯基有芭蕾音乐《春之祭》。

于是又想起自己听过的还有莫扎特管弦乐《最后的春天》、柴可夫斯基钢琴套曲《四季》中的《春》、格里格管弦乐《悲歌旋律》之二《心之创伤与最后的春天》、戴留斯管弦乐《孟春初闻杜鹃啼》,没有听过的则有德彪西管弦乐《春天》、西贝柳斯交响诗《春天的歌》、雷斯皮基的声乐与乐队《春天》、拉赫玛尼诺夫的康塔塔《春》、沃恩·威廉斯的歌曲《在春天》和肖斯塔科维奇的歌曲《春天,春天》(普希金词)等等。

而“歌曲大王”舒伯特更是不得了,关于春天至少写了

《春天颂》、《春天溪畔》、《慕春》、《春之歌》、《在春天》五首艺术歌曲，第一首席勒作词。如果海顿清唱剧《四季》和格拉祖诺夫芭蕾音乐《四季》也可算的话，那真是琳琅满目、蔚为大观。

春回大地，万象更新，作曲家的灵感自会触发，以至以春天为题材的古典音乐作品那么多，囊括交响乐、协奏曲、芭蕾音乐、钢琴曲、小提琴曲、合唱和独唱等众多门类。其中，我最喜欢的还是贝多芬的小提琴奏鸣曲《春天》。

此曲诞生至今已有两百一十三年历史了。其实"春天"之名并非贝多芬本人所取，却与此曲颇为切合。当此曲开头充满活力的旋律奏响，我就仿佛真的感到春天来了！随后小提琴与钢琴你应我答，互相追逐，始终荡漾着明亮的春天气息，亲切而自然，正如台湾作家杨照在《想乐：聆听音符背后的美丽心灵》中所说的：此曲"带着一种春天沛然莫之能御、铺天盖地席卷而来的力量"。

至于我们自己的春天之作，最有名的恐莫过于关露作词、贺绿汀作曲的《春天里》。这是1930年代"左翼"电影《十字街头》(沈西苓导演)的插曲，轻松活泼，带着清新的民歌味，当年曾一曲风行："春天里来百花香，朗里格朗里格朗里格朗,和暖的太阳在天空照,照到了我的破衣裳……”

(前两则原载2012年3月4日、
2013年1月5日《文汇报·笔会》)

辑三

《雅人乐话》之我见

二十七年前的一个冬日的下午，我和三位高中同学躲在一间狭小的亭子间里，全神贯注地聆听好不容易觅来的“贝九”[①]唱片，这是我有意识地接触西洋古典音乐的开始。在那个疯狂地毁灭中外优秀文化的年代里，欣赏西洋古典音乐也是大逆不道的事，甚至会带来无妄之灾，我们几个“臭味相投”者，不得不冒着风险，偷偷地、紧张地与贝多芬和柴可夫斯基亲近，当时的情景，我至今仍记忆犹新。

经历了那一段非常时期的特殊熏陶，尽管我对五线谱一窍不通，对和声、对位之类更毫无所知，却成了一个古典音乐迷。随着年岁和阅历的增长，我还进而成了一个古典音乐的“泛爱主义”者。从巴哈到华格纳，从维瓦尔第

---

① 贝多芬《第九交响曲》“合唱”的简称。

到马勒，欧洲数百年来不同时期、风格各异的传世之作，我都欣然接受，百听不厌。当然，我最喜爱的还是旷世奇才莫扎特。我越来越认同德国大作家托马斯·曼在其代表作《魔山》中说过的一句话：人生苦短，而“音乐不但鼓动了时间，更鼓动我们以精妙的方式去享受时间”。

也许是爱屋及乌，我对当今海内外作家学者撰写的乐评一直很注意搜集。他们中的许多人与我一样，不谙乐理，但对音乐特别是古典音乐同样情有独钟，又因具有深湛的艺术修养和博大的人文关怀，一旦形诸笔墨，或庄或谐，寄兴遒逸，同样是至情至美之文，往往比专业乐评家单纯分析乐曲的高头讲章，更能深入作曲家的感情世界，更为精妙入微，引人入胜。于是，托文汇出版社“大家随笔”丛书之福，这本《雅人乐话》就应运而生了。

正如书名所揭示的那样，本书专收海内外华人作家学者的赏乐佳作，既为编选，理应分门别类，以示醒目。首先是海内诸家的音乐因缘，其次是海内诸家对名家名曲的品评，最后是台港和海外诸家对音乐的认识和他们的听乐心得。出于我的偏爱，古典音乐无疑是本书挑选的重点，但现代音乐、民间音乐和流行音乐也占有一席之地。音乐的天地本来就深邃广阔、异彩纷呈，何况见仁见智，

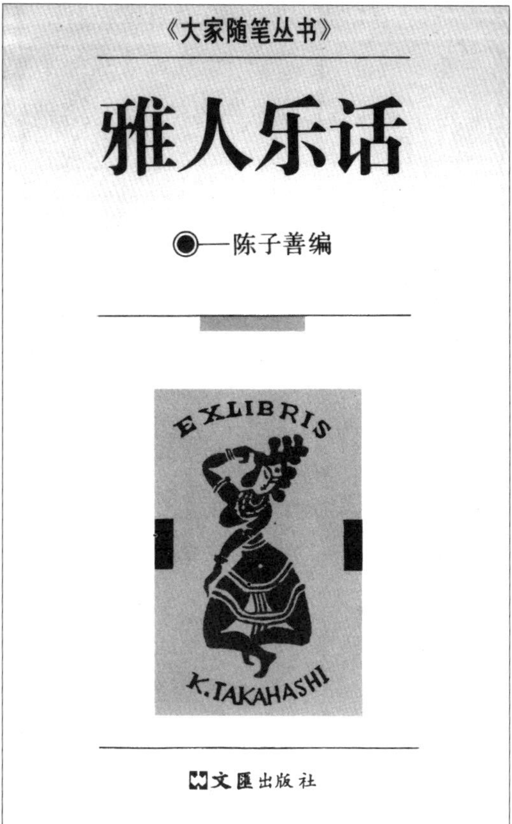

陈子善编《雅人乐话》,1995 年 1 月上海文汇出版社初版

各有所爱,自不必罢黜百家、独尊古典的。

至于所谓“雅人”者,以往的看法似乎带有一点点贬义,但本书入选诸家在海内外文坛学界即使不是大名鼎鼎,也是有头有脸的人物,想必不会多作计较。按我的理解,“雅人”就是优雅、风雅、高雅之人。人们常用杜甫诗句“此曲只应天上有,人间难得几回闻”来形容一首乐曲的美妙绝伦。与音乐结下不解之缘,用心灵去感受音乐灵魂的人,能说不是“雅人”吗?懂得聆赏品味音乐的人有福了,愿以此与读者诸君共勉。

一九九四年八月二十七日于上海

(原载 1995 年 1 月上海文汇出版社初版《雅人乐话》)

浅释“流动的经典”

巴赫

打开群星灿烂的西方音乐史，巴赫(1685—1750)的名字特别耀眼。他是巴洛克时期的集大成者，地位显赫，领袖群伦。也许可以这样说，没有巴赫，就没有后来的莫扎特、贝多芬和勃拉姆斯。我喜欢他的清唱剧、协奏曲、奏鸣曲和组曲，从最亲切温馨的到最雄伟壮丽的，都喜欢。单是一曲《G弦上的咏叹调》，不知有多少次使我赞叹不已；但对他的博大精深的《马太受难曲》，浅薄如我，至今不敢轻易问津。巴赫是宗教的，超凡脱俗；巴赫是世俗的，最富人情味。巴赫不朽。

莫扎特

我奇怪自己迟至1980年代后期才听莫扎特(1756—1791)，但终于迷上莫扎特，毕竟还是幸运的。莫扎特是神童，是不世出的天才。莫扎特的音乐能与每个人亲近，他的天真乐观、明朗自然和细致入微，能给人无限的温暖，能抚平人心灵的创伤。他的最后三部交响曲、他的《安魂曲》、他的歌剧《魔笛》、他的《单簧管协奏曲与五重奏曲》、他的众多《钢琴协奏曲》，哪一首不是百听不厌的天籁之音？爱因斯坦断言“莫扎特是一切作曲家中最伟大的”，我完全赞同。

贝多芬

欣赏古典音乐，不知道贝多芬（1770—1827）的大名，当然不可想象。音乐史家公认，贝多芬是西方古典音乐中不仅开创了一个崭新的时代，而且影响极为深远的大师。他的《九大交响曲》、《钢琴奏鸣曲与协奏曲》、《小提琴协奏曲》、《晚期弦乐四重奏》、《庄严弥撒》等等，无一不是气势恢宏，激情澎湃，充满深邃的哲思，堪称经典中的经典。就是他的小品，如《F 大调浪漫曲》和《G 大调浪漫曲》，同样妩媚可亲。尊之为“乐圣”，可谓名至实归。我自高中起就迷恋贝多芬，至今痴心不改。

舒伯特

舒伯特（1797—1828），又一位早夭的天才，比莫扎特

贝多芬 肖邦 德沃夏克
巴赫 瓦格纳 马勒
莫扎特 勃拉姆斯 德彪西
舒伯特 柴可夫斯基 肖斯塔科维奇
陈子善 编
位音乐大师的艺术印象
流动的经典
浙江人民出版社

陈子善编《流动的经典》,2000 年 12 月浙江人民出版社初版

还少活了五年。他是西方古典音乐中上继古典主义传承，下开浪漫主义先河的杰出代表，被称为“钢琴和旋律的天才，德国歌曲之王”。可惜他走得太早了，正如他的墓志铭所示——“此处埋葬了丰富的音乐宝藏，还有更美好的希望”。当年，正是他的《第八交响曲》，即西方艺术史上最著名的未完成之作，那样的温柔缱绻、忧伤动人，为我开启了进入古典音乐堂奥的大门。就凭这一点，我永远感激舒伯特。

肖邦

许多乐迷有这样的体会：夜深人静，万籁俱寂之际，正是聆听肖邦(1810—1849)的最佳时刻。对此，我深有同感。作为浪漫乐派的又一位优秀代表，作为“钢琴诗人”，肖邦的夜曲、叙事曲、练习曲和玛祖卡，优美、精妙、情感真切细腻，几乎首首惹人喜爱。特别是他的两首《钢琴协奏曲》，充满青春活力和美好的憧憬，一直使我激动不已。肖邦对钢琴情有独钟，我对肖邦情有独钟。

瓦格纳

有人说，瓦格纳(1813—1883)的音乐有一种魔力，谁要是熟悉了瓦格纳的音乐语言，进入了瓦格纳营造的音乐世界，就很难出来，像是染上了瘾。确实，瓦格纳是改变了音乐历史进程的少数伟大作曲家之一，他的歌剧是迷人的、惊心动魄的，但也不是轻易能够领会的。单是他的代表作《尼伯龙根的指环》的演出时间之长，就可能把你吓退，我宁可去欣赏《汤豪舍》、《罗恩格林》或《特里斯坦与伊索尔德》。这说明我还不是十足的瓦格纳迷，还没有上瘾，还须继续努力。

勃拉姆斯

西方古典音乐中著名的“三 B”的最后一位勃拉姆斯（1833—1897），我接触较晚，但对这位堪称浪漫主义真正大师的德国作曲家，我深怀敬意。他对舒曼夫人克拉拉最终毫无结果的苦恋固然使我感动，他的融和着戏剧性的能量和抒情性张力的音乐更使我感动。他的《第四交响曲》、《小提琴协奏曲》、《第二钢琴协奏曲》和晚期的钢琴小品，或酣畅淋漓，或醇厚柔美，都深深吸引了我。单是那首内敛而又深刻的《单簧管五重奏》，就足以使我确信勃拉姆斯的魅力是不可抗拒的。

柴可夫斯基

我记不清最初听到柴可夫斯基（1840—1893）的《天鹅

湖》是什么时候了，反正是在那个视古典音乐为洪水猛兽的荒唐年代里，也正因此，我对这位伟大的俄国作曲家有着一份特殊的感情。他的脍炙人口的《第一钢琴协奏曲》、他的悲恸欲绝的《第六交响曲》、他的曾使托尔斯泰潸然泪下的《如歌的行板》，与《天鹅湖》一样，都是我不断重温、常听常新的曲目。我不认为爱听“老柴”就是小儿科，他的音乐是如此的旋律优美、配器艳丽、情感炽烈、多姿多彩，我怎能不喜欢他？

德沃夏克

说起德沃夏克(1841—1904)，稍有一点古典音乐常识的，都知道他的《第九交响曲》[①]，这部抒写“浓得化不开”的乡愁的经典之作，我听过无数遍，但我更欣赏他的《大提琴协奏曲》，更中意他的《第七交响曲》、《第八交响曲》，他的室内乐或许更精彩，他所描写的大自然和田园风光尤其使我入迷。音乐史家或称他为“最后的中期浪漫主义作曲家”，或称他为“国民乐派”的中坚。在我看来，他不愧为把民族主义感情美妙地与古典主义和黑人音乐融为一体的强有

① 《自新大陆》交响曲。

力的音乐大家，自始至终态度真诚、旋律奔放。

马勒

认识马勒(1860—1911)是一个偶然的机缘。在此之前，我一直对马勒畏而却步。这位20世纪现代音乐先驱的作品全是交响曲，全是歌曲组曲，太长了。但在全神贯注地聆听了他最“性感”的《第五交响曲》后，不禁为他情感的复杂、内涵的深广所折服。于是，老老实实地从《第一交响曲》开始，一直听到他的登峰造极地《大地之歌》，真是叹为“听”止。清新幽雅的马勒，天崩地裂的马勒，带给我的不仅有悲伤，更有真挚的爱，使我倍加珍惜生命的可贵，并对生活充满希望。

德彪西

当年姚文元借批德彪西(1862—1918)大兴文字狱的公案我一直记忆犹新，从那时起我就对这位“印象派”音乐奠基人、20世纪现代音乐的又一重要先驱产生了浓厚的兴趣。他的具有划时代意义的音诗《牧神的午后》、《大海》等带给我的何止是惊讶。德彪西的梦幻般的微妙和奇特，不能不打动我的心灵。即便是他的钢琴小品《月光》、长笛曲 *Syrinx*，也是那么晶莹可爱。正如德国音乐史家普吕尼埃所提示的:“他是描绘神秘、寂静和无垠,描绘流云和阳光下闪闪发光的波浪的无可比拟的画家。”

肖斯塔科维奇

有一个有趣的说法，需要一部电脑才能追溯肖斯塔科维奇(1906—1975)大起大落的音乐生涯,因为他生活在俄国“十月革命”之后,因为他的创作天才时隐时现。我知道他的大名,是与他二战时期著名的《列宁格勒交响曲》紧密联系在一起的。他的众多交响曲中不乏内容深刻、情感丰富的杰作,但我印象最深、灵魂受到很大震撼的还是他的十五首《弦乐四重奏》,它们被誉为“本世纪最洞悉内心和不妥协的作品之一”。精神孤独的肖氏“带着镣铐跳舞”,跳得多不容易,又多么出色!

编后小记

“乐圣”贝多芬说得好:“音乐是比一切智慧、一切哲学更多的启示。”音乐,尤其是经典的音乐,超越时空,超越国界,超越民族,超越语言,带给古往今来无数的人们愉悦和欢欣、被爱和感悟。经典的音乐能使每个人心灵深处潜流的情感找到流淌的河床,使之或如涓涓细流,或如浩浩长江,生生不息。

我与古典音乐结缘少说也有二十多年了,其间有过不顾一切的热恋,也有过迫不得已的疏远,但最终还是无法割舍,也许与古典音乐经典的亲热要伴随到我生命的终结了。爱屋及乌,我一直留心搜集当代人所写的赏乐心得,也极愿提供给与我有同好者分享。以前编过一本小书《雅人乐话》,好像反映还不恶,于是,又有这部《流动的经典》。

本书的作者不一定非要有名, 也不一定非要是专业人士,不管是谁,只要文章令我心动,为我爱读,我就入选。在"流动的经典"面前,人人平等。当然,见闻有限,遗珠之憾肯定也是难免的。

《流动的经典》编入对古典音乐史上十二位经典作家的鉴赏文章,每人一辑,每辑前有我自己的一小段简述,无他,抛砖引玉也。如果有人问,为何没有亨德尔,为何没有门德尔松,为何没有威尔第,为何没有理查·施特劳斯……我的回答很简单:这些位无疑也是我十分喜爱的作曲家,然而篇幅有限,有机会再编续编吧。

二〇〇〇年十二月五日于上海

(原载2000年浙江人民出版社初版《流动的经典》)

李欧梵的《音乐的遐思》

这是一本别致的音乐散文集。

本书作者李欧梵先生是美国哈佛大学东亚语文系教授，大名鼎鼎的研究中国现代文学和20世纪30年代上海文化的权威。作为"不可一日无书"的"学院派"中人，作者还有一项文化嗜好，那就是热诚地喜欢古典音乐，是一位不折不扣的古典音乐迷。这当然与他的音乐世家的出身有关，也与他长期浸淫于把文学、美术和音乐融为一体的西方文化的大背景有关。难得的是，作者近年在繁忙的教研之余，不时发表他的赏乐心得，以期与海内外乐迷交流切磋，共享古典音乐的美妙境界。

作者这些赏乐文字不故弄玄虚，不故作高深，而是真诚、平实，以自己对古典音乐的深切感悟来见证历史，思考人生，折射对东西方文化的反思。广义地说，这

李欧梵著《音乐的遐思》,2000 年 1 月文化艺术出版社初版

是一种文化批评，从古典音乐引申开来的文化批评。作者的文笔如行云流水，又略带自嘲和调侃的意味，展现了作者唯美唯情的纯真心灵，使人倍感亲切，也催人深长思之。

因此，我爱读作者的赏乐文字，每以搜集先睹为快，经年累月，积为一帙，于是灵机一动，征得作者惠允，编就本书，作为我对作者撰写赏乐文字的一个由衷的敬意，对海内外古典音乐迷的一点小小的贡献。

本书共分四辑：第一辑“乐迷遐思”，收入作者综论音乐文化，选购古典音乐 CD，评析音乐小说等方面的文字十六篇；第二辑“听乐手记”，收入作者聆听世界各大交响乐团和他所钟爱的名家名曲的体会文字十二篇；第三辑“爱之喜悲”，收入作者悼念音乐家父亲的文字两篇；最后一辑“附录”，既收入作者妙语连珠的答记者问，也收入虽然不是专门讨论音乐却都与音乐密切相关的文化随笔五篇，还摘编作者在小说《范柳原忏情录》中借主人公范柳原之口畅谈音乐的书信两通，并酌加标题，以显示作者音乐文字的另一副笔墨。

书中个别篇章的个别字句，征得作者同意，略有删节，谨此说明。

是为编者小记。

一九九九年十一月十二日于山清水秀的千岛湖畔
(原载2000年1月文化艺术出版社初版《音乐的遐思》)

附录:

《音乐的遐思》小序

李欧梵

我是一个乐迷——典雅一点说，是爱乐者——而不是音乐行家,虽然我出生于音乐的家庭:父亲是作曲家,母亲是钢琴家,妹妹是歌唱家。也许正因为如此,我命中注定学不成音乐,只好退而求其次,变成一个乐迷。

在美国,像我这样的古典音乐迷越来越少,也越来越老,然而在中国,我的感觉是这种人越来越多,否则陈子善先生也不会费神为我编这本谈音乐的小集子了。

我写音乐文章,全是外行,毫无音乐上的职业水平，倒是对音乐家们的隐私了如指掌，和影迷差不多。记得在芝加哥的时候，芝加哥交响乐团的内幕新闻，我收集了不少，后来读索尔蒂(该团常任指挥)的自传，才发现他所回忆的人和事我全知道。我虽然从未见过他，心理上觉得已经是他的老朋友了。

我的乐迷资格也是靠收集唱片奠定的，至今也搞不清收集了多少，至少有两千多张吧，但也毫无章法，从巴赫到巴尔托克，从芭蕾舞到探戈舞，从交响乐到歌剧，从钢琴独奏、男女独唱到弦乐四重奏、五重奏、八重奏，样样皆收，乱七八糟。当然，和所有发烧友一样，也讲究版本，以录音效果和诠释的好坏为自我定下的标准。记得我曾经写过一篇文章讲我如何发烧，但是忘了提一句：我的发烧器材还不够格，不是不知道，是没有钱，只好将就着听，用的是 B & W805 喇叭，播音器是 Quad，全是英国货，CD 唱机不知换了多少个，都不满意，倒是对新换的电线和电压调节器的作用，颇为自得。

我听音乐是从不正襟危坐的，往往躺下来听，甚至睡在地上听。最近因为背痛，几乎每晚都须要睡在地上。有一次我心血来潮，拿了父亲的指挥棒，睡在地上指挥马勒的《第九交响曲》，屋外夜阑人静，我在室内却如痴如狂，还我乐迷的本色，后来也写了一篇杂文以志纪念，也被陈子善收进集子里去了。

在此我要特别感谢他——其实他也是一个乐迷，而且还在百忙之中紧密跟踪我在海峡两岸三地发表的文章，真是使我铭感于衷。有一次在美国碰到一个内地来的朋友，他对我说："看到你在广州一家报纸上为小泽征尔辩护。"我想来想去，没有在广州发过稿，后来才恍然大悟，当然是陈子善的"调度"有功。我如果是音乐家，一定请他做我的经纪人，可惜我只是一个乐迷，无法酬劳他，每次来中国，我都忘不了送他两三张老唱片，以示感谢。

这本小书，是陈子善编的，也献给陈子善，和海内外所有的乐迷。

一九九九年六月一日于北大勺园

投向音乐海

——庄裕安音乐散文集杂说

邂逅庄裕安是很偶然的。七年前莫扎特逝世两百周年之际，台湾友人寄给我一本印制精美的纪念特刊，其中《草地上的精灵——莫扎特音乐数来宝》一文引起了我的注意。此文对莫扎特音乐的解说不但提纲挈领，要言不烦，而且写得那么真诚、明丽、有趣，充满灵气，就像莫扎特的音乐一样，对我这样的莫扎特崇拜者而言，不啻是意外的惊喜。从此我就记住了作者的名字：庄裕安。

后来我才知道对古典音乐如此精通的庄裕安竟然不是专业音乐界中人，而是以治病救人为己任的儿科医师，真是大出意料。1959 年出生的庄裕安为台湾台北县人，毕业于台湾“中国医药学院”医学系，现在边行医边写作，作品涉及散文、文学批评、音乐评论等众多领域，已出书十一种，不可谓不多产。庄裕安 1994 年入选“当代台湾十二大散文名家”之列，与内地读者已经耳熟能详的余光中、林文月、张晓风、简媜等平起平坐，还曾荣获台湾文学界颇有影响的“吴鲁芹散文奖”，在高手如林的台湾文坛上令人刮目相看。

再后来我与庄裕安开始通信，承他不弃，热情惠赠音乐散文集六种，即：

《音乐狂欢节》　　　　(1990 年 1 月大吕出版社初版)
《寄居在莫扎特的壁炉》(1991 年 2 月大吕出版社初版)
《爵士乐》　　　　　　(1993 年 3 月大吕出版社初版)
《天方乐谭》　　　　　(1994 年 2 月大吕出版社初版)
《蜜渍拍子》　　　　　(1995 年 7 月大吕出版社初版)
《云想衣裳，我想 CD》 (1996 年 9 月大吕出版社初版)

1990 年代以降，庄裕安几乎每年出版一种音乐散文集，由此可见音乐散文在他创作中的重要位置。应该承认，台湾文坛迷恋古典音乐，致力于音乐散文写作的不乏其人，老一辈的如张继高[1]，中青年的如学者吕正惠、诗人陈

[1] 中国内地已出版《张继高散文》。

黎等，都是各擅胜场的佼佼者，但坦率地说，最使我怦然心动的还是庄裕安。当然，音乐散文是我杜撰的说法，我想散文大家庭中既然已有“文化散文”、“学者散文”、“小女人散文”等名目繁多的提法，不妨再增添“音乐散文”这一类。近年以撰写《如是我闻》而享誉学界士林的江苏辛丰年先生的作品，其实也是音乐散文，尽管他与庄裕安的风格迥然不同。

在我看来，音乐散文与一般的音乐评论、乐曲介绍最大的区别，在于作者在文章中倾注了一己之赏乐体验，这种体验完全是个人化的、真切的、独特的，而不是照本宣科式、高头讲章式的，文笔的优美与否倒还在其次。真正的音乐，一定是作曲家灵魂的呼号，也一定会沁入赏乐者的灵魂深处，使人专注，使人入迷，使人出神。因此，上乘的音乐散文无意单纯罗列音乐史上的历史事实，无意单纯阐述名曲的乐思乐理，而是要竭尽全力去挖掘其中的人性的激情。以此标准衡量庄裕安的音乐散文，那就颇为难得了。透过庄裕安时而风趣调侃、时而生动活泼、时而严肃凝重的赏乐文字，我分明感受到了作者对古典音乐的一往情深，分明窥见了作者自与古典音乐结缘至今的心路历程，甚至不由自主地产生了想把庄裕安推荐的自巴洛克至20世纪的古典名曲都找来一一聆听的冲动。

庄裕安音乐散文的显著特色是不拘泥于音乐本身，虽然作者也分析乐理，解说旋律，比较各种CD版本的优劣，但更多的是把古典音乐与西方宗教、哲学、文学、美术、历史、地理、社会政治经济乃至自然科学和医学紧密结合起来，融会贯通，娓娓道来，引人入胜。庄裕安在《天方乐谭》一书的代序中说过，在他心目中，值得阅读与聆听、需要新探或重估的音乐与文学作品，“有三个大本营：莎士比亚戏剧、新旧约《圣经》、希腊罗马神话，是我深感兴趣而定为今生必须‘研究’(enjoy)的东西”。这也就是说庄裕安是有意识地从整个西方文化史的大背景上来构思他的音乐散文、阐释古典音乐的，他在这一点上确实做得够出色，就我有限的见闻，目前似还无人能够企及。

记得大物理学家爱因斯坦有句名言，离开人世，就意味着再也听不到莫扎特的音乐了。不会欣赏音乐，特别是古典音乐，实在是人生的一大憾事。古典音乐是一种期待，一种穿越时间的过程，它不仅依赖历代指挥家、演奏家的演绎，从某种意义上说，也依赖后来的文字工作者的解说。伟大的音乐，经典的音乐，用庄裕安的话来说，是“让人谦虚，予人安慰，令人快乐”的，它需要以深刻隽永的文字来介绍,才能更好地体现它的不朽的价值。庄裕安的音乐散文正担负着这样一种使命,至少,庄裕安以他的与众不同的方式引导你步入古典音乐的神圣殿堂,启发你去探索古典音乐,亲近古典音乐。

选本端赖选家的眼光。这部上下两卷,分别题为《音乐心情》和《音乐气质》的文集是我所编选的在我专业研究范围之外的第一种书,虽然遴选自庄裕安的六部音乐散文集,无疑带有我个人的偏好,是否充分展示了庄裕安音乐散文的神韵,我不敢说,但我尽力去做了,这是完全可以向作者和读者告白的。歌德尝谓"读一本好书,就是和一位高尚的人对话",在本书编选过程中,我又一次和作者亲切对话,又一次深深体会到作者音乐散文对我的吸引力,但愿爱好古典音乐的读者也与我同感。

(原载1999年2月12日《东方文化周刊》第一百零九期)

附 录

读完《想乐》听古典音乐

马玥浩

西方古典音乐，对我们这些寻常人而言，似乎太过阳春白雪，难以触碰。好奇心起时，或为了显得自己“有修养”，大概会听听巴赫、贝多芬、莫扎特、肖邦等名家名曲。但想进一步了解，就会苦于没有切入点而搁浅了。

近日，记者采访中国现代文学专家陈子善，聊起他正在读的书时，本以为他会对自己领域内的专著、他已烂熟的鲁迅或张爱玲的作品滔滔不绝。他却提到了一本关于西方古典音乐的书。

杨照这样理解音乐

陈子善提到的是台湾作家杨照的《想乐：聆听音符背后的美丽心灵》[①]。杨照“台湾大学”历史系毕业后，到美国

① 桂林：广西师范大学出版社，2013 年版。

哈佛大学读东亚史，研究方向为中国古代思想史、社会人类学。他自幼学习小提琴和乐理，对音乐也颇有心得。

书中，杨照介绍了他喜爱的一百首西方古典乐曲，如贝多芬《D大调小提琴协奏曲》、李斯特《第一号降E大调钢琴协奏曲》、门德尔松《第一号D小调钢琴三重奏》等。文章不是讲述艰深枯燥的乐理，而是将乐曲背后的作曲家经历、社会历史背景等趣事融入其中。他将历史、人类学领域的知识带入书中，表达出他对西方古典音乐史的独到见解。

全书分为钢琴协奏曲、大提琴曲、小提琴协奏曲、交响曲、三重奏、咏叹调等十章，分别介绍了那些或为人熟知，或有实无名的古典乐曲。

杨照懂乐理，却不是从枯燥而专业的乐理上分析西方古典名曲，而是通过音乐史的梳理来介绍音乐背后的故事。所以陈子善说："这本书不是'西方音乐史'教科书，不面面俱到，也不就乐谈乐，但它更加生动、细致、深层。你不懂古典音乐，不懂五线谱的话，没关系，可以获得很多音乐史上的知识；如果懂得就更好了，能得到更多启发。这本书很适合现在的年轻人提高古典音乐修养。"

"杨照写的不是'教科书'，它更偏向于以个人的眼光来解读西方音乐史，”陈子善这样说，“这是杨照个人看待音乐和音乐史的角度，因为欣赏音乐本来就没有‘正确’的方法。杨照用自己的心路历程，谈了他对西方古典音乐的接受。他没有照本宣科地、程序化地介绍音乐家生平经历和乐理知识，反而给人以全新的感受。”

杨照说：“我无法接受，有人主张一定要用什么方法欣赏音乐。唯一的标准，是如何从音乐中得到最大的收获吧！了解乐理会有帮助，明白乐曲结构会有帮助，感应乐曲背后作者的生命与思考也会有帮助。”所以，杨照用大家都能读懂的文字，阐释着较难理解的古典音乐，并试图从音乐上得到更大的精神收获。

音乐背后的文化史

作为音乐的门外汉及爱好者，陈子善说：“我爱好古典音乐，相关的书我一般都会找来阅读，当然也会有所选择。我更喜欢杨照的写法，每一首乐曲就是一个故事，包括作曲家的创作曲思，创作的前前后后，这首乐曲在音乐史上的位置等等。很有意思，也很长见识。譬如你要了解贝多芬的一部作品，可能就需要知道更多他的作品和故事。”

《想乐：聆听音符背后的美丽心灵》不仅是一本关于西

方古典音乐概述的书籍，还洋溢着音乐背后的人文气息。对此，陈子善说："西方传统文化博大精深，包括哲学、历史、文学、美术、音乐等等。通过古典音乐，可以清楚地看到西方的文化环境、人文气息以及这些音乐家的思想和艺术追求。"

杨照认为，思想史是很讲究的：处于什么样的时代，有什么样的人生经历，因而产生了什么样的思想，这中间有其来龙去脉，有可以分析的道理。因而，将音乐放回到人与时代的脉络下，音乐才能闪耀出更灿烂的光芒，给后人以更多的启发。

"古典音乐、文学、历史文化，都是耐人寻味的。我读着杨照介绍的乐曲，就会把这些曲子找出来重新聆听，感受从前没有体会到的音乐蕴含，领略其中深刻的人生况味。"陈子善说。

（原载2013年12月6日《中国科学报·读书》，
收入本书时略作修订）

跋

这本小书是百花文艺出版社催生的。蒙该社不弃，嘱我主编一套“百花谭”散文丛书，并要求首辑中我自己也有一本。于是灵机一动，把我历年来关于音乐特别是古典音乐的旧文新作汇集成册，命名曰《纸上交响》，即纸上谈乐之意是也。

正如我在本书代序《我的古典音乐之旅》中所指出的，我对古典音乐其实完全是门外汉，只是爱听乱听而已。在学院派看来，这些长短不一的文字或许也是信口开河、不入法眼的。唯一聊可自慰的是，在1990年代上海音乐爱好者协会主办的一次古典音乐知识竞赛中，我出人意料地获得季军，奖品是古典音乐黑胶唱片和CD各一枚，捧回家中，颇为得意。这也是我个人迄今为止在专业内外获得的唯一奖项，理应记上一笔。

不过，本书第一部分讨论中国现代作家与古典音乐关系诸篇，相信还有点新史料，有点学术性。这是个尚未引起文学史家关注的领域，但愿今后有时间继续梳理，说不定还会有所发现。譬如，进入1940年代以后，张爱玲与赵萝蕤两位女作家分别撰文对古典音乐发表看法及其背后蕴含的意义；徐迟译介不少古典音乐方面的书籍与其创作有何关联；路翎在长篇名著《财主底儿女们》中描绘知识男女在抗战烽火中聆听无边际的“音乐底森林”——贝多芬《第九交响曲》的所思所感，等等，都值得分析和探究。

是为跋。

二〇一四年六月二十日急就于“西班牙的莫扎特”——
J.C. 阿里亚加的优美乐曲声中